칼 이야기

초판 1쇄 발행 2025년 2월 25일
초판 2쇄 발행 2025년 3월 17일

—

발행인 이동한 | 글 최명 | 디자인 유미정

—

발행 (주)조선뉴스프레스
주소 서울시 마포구 상암산로 34 DMC 디지털큐브빌딩 13층
등록 제301-2001-037호   등록일자 2001년 1월 9일
문의 tel. (02)724-6875 / fax. (02)724-6899

최명

칼 이야기

刀 劍

세상의 모든 날이 있는 것에 대하여

Chosun Media
조선뉴스프레스

머리말

    나는 어려서부터 칼로 연필을 깎아 글을 썼다. 그때부터 칼에 대해 관심을 가졌다. 자연히 칼에 대해 이런저런 생각도 많이 했다. 그런 생각들이 모여 이 책이 된 것이 아닌가 한다. 책의 출판에 도움을 주신 『월간조선(月刊朝鮮)』의 이동한 발행인과 김태완 차장에게 고마움을 전한다. 남은 것이 있다. 승패를 초월한 독자 여러분과의 진검승부(眞劍勝負)다. 독자 제위의 건승을 빈다.

2025년 2월 25일

저자

차례

제1장   **9**
시작의 글

제2장   **27**
『수호전』의 칼

제3장   **59**
일모도원(日暮塗遠)

제4장   **75**
식칼

제5장   **109**
이일청의 편지

제6장   **149**
날이 있는 무기: Edged Weapons

제7장   **165**
일본 칼

제8장   **173**
SWORDS: A VISUAL HISTORY

제9장   **183**
설검

찾아보기 및 참고 문헌   **192**

칼 이야기

아주 어린 아이가 아니라면 칼을 모르는 사람은 없다. 또 칼을 한 번이라도 써보지 않은 사람도 없을 것이다. 석기시대의 사람들도 칼을 썼다. 돌칼이다. 금석(金石) 시대에 들어와서는 쇠 따위의 금속으로 된 칼을 만들어 썼을 것이다. 역사가 오래다. 칼은 물건을 자르거나 깎을 때, 혹은 다듬을 때 쓴다. 요새는 연필을 잘 쓰지 않으니 깎는 일도 거의 없다. 깎아도 기계로 깎는다. 붓으로도 글을 썼지만, 내가 한글을 배워 글쓰기를 시작할 때는 연필을 주로 썼다. 자주 깎아야 했다. 칼이 필수였다.

칼 이야기

　그러나 칼의 역사를 생각할 때, 그것은 무기(武器)로 시작하여 발달한 것이 아닌가 한다. 동물을 잡을 적에, 다른 부족과 싸울 때에 날카로운 무기가 필요했다. 고려 이전은 모르겠으나, 조선조는 특히 중기에 들어서서 문약(文弱)한 나라였다. 무기를 등한시하였다. 북방의 거란(契丹)과 여진(女眞)과 싸울 적에 어떤 무기를 썼는지 궁금하다. 이순신(李舜臣) 장군도 처음엔 북방에서 싸웠다. 그때의 무기가 적의 그것을 압도했는지 어쩐지는 알 수 없다. 다른 곳에서도 내가 언급한 적이 있으나,[1] 이순신은 무기를 숭상하였고, 그에게는 사랑하는 칼이 두 자루 있었다. 그 칼에는 검명(劍銘)이 있다.

　하나는 誓海魚龍動 盟山草木知(서해어룡동 맹산초목지·바다에 맹서하니 어룡이 움직이고, 산에 맹서하니 초목이 안다), 다른 하나는 一揮掃蕩 血染山河(일휘소탕 혈염산하·한번 휘둘러 소탕하니 피가 산하를 물들인다). 나는 오래전에 아산(牙山) 현충사(顯忠祠)에서 이순신의

---

1) 『이 생각 저 생각』(조선뉴스프레스, 2023), 제16화, 80쪽.

칼로 전시된 두 자루의 검을 보았다. 그것이 위의 그 칼인지는 알 수 없다. 한산섬의 이순신 사당에도 두어 차례 간 적이 있다. 거기서도 칼을 본 기억이 있다. 이순신은 뛰어난 무장이다. 활과 칼 같은 무기를 귀히 여겼다. 왜적에 대비하여 화승총(火繩銃) 같은 대포도 개발했다. 실제로 썼다.

왜적은 고려 이전부터 한반도의 해변을 수시로 침범했다. 약탈을 일삼았다. 임진왜란은 분열된 일본을 통일한 도요토미 히데요시(豊臣秀吉)가 조선을 침략한 전쟁이다. 통일이란 목표를 달성했다. 군인이 많이 필요하지 않다. 줄여야 한다. 어떻게 줄이나? 전쟁을 하면 군인은 준다. 전사하기 때문이다.

"가도멸괵(假途滅虢·길을 빌려 괵을 멸한다)"이란 말이 『천자문』에 있다. 명색은 명나라를 치는 것이다. 조선에 길을 빌려달라고 했다. 말은 그랬다. 조선은 7년여에 걸친 난에 시달렸다. 일본은 오랜 기간 동안 내전을 했다. 무기가 발달하지 않을 수 없었을 것이다. 조총(鳥銃)이란 총기(銃器)도 있었다. 그러나 가까이서 적과 싸울 때는 칼이 필수다. 자연 칼을 많이 만들었다. 제검(製劍) 기술도 높았다. 훌륭한 칼이 많았다.

우선 칼은 날카로워야 한다. 잘 들어야 된다. 어느 정도로 잘 드나? 여러 가지 이야기가 있다. 어려서 읽은 몇을 소개한다. 칼날이 하늘을 향하게 고정시킨다. 머리카락을 하나 뽑아 칼의 약 20센티미터 위에서 내려놓는다. 머리카락도 무게가 있으니 내려오기 마련이고, 그러면서 칼에 닿으면 둘로 나누어진다는 것이다. 봉리무비(棒利無比)란 말이 생각나서 사전을 찾았다. 그런 말은 없다. 봉리란 몽둥이가 날카롭다는 뜻이다. 몽둥이가 길고 단단하다면 말이 된다. 그러나 칼과는 관계가 없다. 그런데 나는 칼이 비할 수 없이 날카롭다는 뜻으로 봉리무비를 생각하고 있었다. 알다가도 모를 일이다.

『삼국연의』(三國演義·『三國志』)의 이야기다. 조자룡(趙子龍)이 당양(當陽) 장판파(長坂坡)에서 조조(曹操)의 군사와 싸울 때다. 하후은(夏候恩)이란 조조의 장수를 창으로 찔러 죽였다. 말에서 떨어진 그의 등에 칼이 있다. 말에서 내려 빼어보았다. 심상치 않다.

조조에게는 본래 두 자루의 보검이 있었다. 하나는 의천검(倚天劍)이고, 다른 하나는 청강검(靑釭劍)이다. 의천검은 자기가 차고, 청강검은 수신배검장(隨身背劍長)이란 벼슬의 하후은에게 맡겼다. 하후은은 자기의 용력만 믿고 조조와 떨어져 함부로 노략질을 하다가 조자룡에게 당한 것이다. 청강검은 날카로움이 비길 데가 없어서 쇠를 베기가 진흙을 이기는 것 같았다고 한다. 자룡은 그 칼 덕분에 조조의 천군만마를 뚫고 유비에게로 갔다. 더구나 자룡은 갑옷 속에 유비의 혈육인 아두(阿斗)를 품고 있었다. 생각건대, 자룡이 다치지 않은 것은 청강검의 덕일 수도 있고, 아두의 덕일 수도 있다. 유비의 뒤를 이어 후일 서촉(西蜀)의 황제가 된 인물이니, 자룡의 품에서 죽어서야 말이 안 되기 때문이다.

일본 사람들이 칼을 잘 만들었다는 이야기는 위에서 했다. 이런 이야기를 어려서 읽은 기억이 있다. 어떤 사람이 정성 들여 칼을 만들었다. 얼마나 잘 드는지 궁금했다. 써보고 싶다. 그래 어느 날 그 칼을 들고 산길을 나섰다. 저만치 어떤 사람이 걸어간다. 소리 안 내고 살살 따라가 바로 뒤에서 목을 쳤다. 칼이 목을 지났는데도 그 사람이 그냥 걷는다. 얼마를 걸었는지 앞에 아는 사람이 나타나자 고개를 숙이면서 "오하요……" 무어라고 인사말을 하자 그때에야 비로소 목이 앞으로 떨어지더란 것이다. 과장(誇張)이다.

전설적인 검술가로 알려진 미야모토 무사시(宮本武藏)의 이야기도 있다. 그는 두 자루의 칼을 지니고 다녀서 이도류(二刀流)의 창시자로도 알려졌다. 하나는 길고, 다른 하나는 짧았다. 장검과 단검이다. 그가 두 자루의 칼을 갖고 다니게 된 이유는 긴 쇠줄을 갖고 다니는 구라마 덴구(鞍馬天狗) 때문이다. 긴 쇠줄을 던져 상대의 칼을 쥔 팔을 묶으면 당하는 수밖에 다른 도리가 없다. 그때를 대비하여 왼손으로 작은 칼을 뽑아 상대를 칠 수 있기 때문에 두 칼을 사용하게 되었다. 이도류는 여기서 시작했다고 한다. 미야모토는 목검(木劍)도 썼다. 미야모토에 대적할 만한 당시의 검객으로 사사키 고지로(佐佐木小次郎)가 있었다. 사사키는 제비가 옆으로 날아가면 칼집에서 칼을 뽑아 치고, 그 칼을 칼집에 다시 넣으면 그때 두 동강이 된

제비가 땅에 떨어진다는 일화의 주인공이다.[2]

　내가 대학 다닐 적에 요시카와 에이지(吉川英治)의 소설 『미야모토 무사시』(번역본)를 읽은 적이 있다. 거기에 미야모토와 사사키가 대결하는 장면이 나온다. 당시 이 두 검객의 대결은 필연이었다. 이 대결을 놓고 일본 전국이 들끓었다. 둘은 간류지마(巖流島)란 무인도에서 만나기로 약속한다. 사사키는 순진하여서인지 약속한 시간에 섬에서 기다린다. 모래사장이다. 미야모토는 일부러 좀 늦게 도착한다. 상대를 초조하게 만드는 심리전이다. 그러면서 자신도 마음을 가다듬기 위해 배에서 목검을 깎는다. 급소를 때리면 목검도 치명적이다. 먼저 도착한 사사키는 마른 모래 위에 서 있고, 미야모토는 젖은 모래에 발을 디딘다. 젖은 모래는 마른 모래보다 단단하여 움직이는 데 유리하다. 늦게 와서 미안하다고 했을지 모르나, 둘은 대결 자세다. 진검과 목검의 대결이다. 몇 분이나 흘렀는지 미야모토가 약간의 허점을 보인다. 그것을 놓칠세라

---

2) 야규 미쓰요시(柳生三藏)란 검객의 이야기인지도 모른다.

사사키의 칼이 미야모토의 머리를 내리친다. 그 순간 미야모토도 목검으로 사사키의 머리를 친다. 목검을 맞은 사사키는 쓰러졌다. 죽는 순간이다. 그때 사사키는 미야모토의 머리가 자신의 얼굴 위에 떨어지는 것을 본다. 사사키는 죽으면서 "나는 죽지만 네 목도 떨어졌다. 우리는 같다" 그랬다는 것이다. 그러나 사사키의 머리 위에 떨어진 것은 미야모토의 머리가 아니라, 머리에 두른 노란 수건이었다. 머리 수건이 두 토막이 나서 떨어진 것을 사사키는 죽으면서 그것이 미야모토의 머리라고 착각한 것이다. 세기의 대결을 아는지 모르는지 숲속의 노루와 사슴들은 제멋대로 뛰어놀고 있었고, 소나무와 잣나무도 바람에 흔들리고 있었던 것이 아닌가 한다.

칼이라고 하면 또 관우의 청룡언월도(靑龍偃月刀)가 생각난다. 반달을 언월(偃月)이라 한다. 그렇다면 언월도는 반달처럼 휘어진 칼이다. 관운장의 칼이 그렇다고 하니 그런가 하지만, 청룡이 그려져 그런 이름으로 불렸을 것이다. 『아라비안나이트』(The Arabian Nights)의 알라

딘(Aladdin) 혹은『알리바바와 사십 인의 도둑』이 지니고 다닌 칼들도 반달같이 생겼다. 칼이야 날이 날카롭고 단단하면 그만이고, 반달처럼 휘었느냐 아니냐는 것은 문제가 아니다. 쓰는 사람에게 달렸다. 그런데 한글로는 다 칼이지만, 한자에는 刀(도)가 있고 劍(검)이 있다. 사전에는 후자가 "허리에 차는 칼"이라고 나온다. 총은 刀와 劍보다는 훨씬 후에 발명된 무기지만, 총에 꽂는 칼은 검이다. 도라고는 하지 않는다. 총검(銃劍)이란 단어가 있고, 따라서 총검술(銃劍術)이란 말이 있다. 그러나 총도(銃刀)란 말은 없다. 총에 꽂는 칼을 허리에 찰 수도 있다. 큰 칼을 총 끝에 꽂거나 허리에 차는 것을 착검(着劍)이라고 한다.

관운장의 청룡언월도의 유래를 살핀다. 『삼국연의』의 이야기다. 한(漢)나라의 운이 다했는지 도적의 무리들이 도처에 나타났다. 제일 크게 위세를 떨치던 무리가 장각(長角)을 필두로 하는 황건적(黃巾賊)이다. 장각의 군대가 유주(幽州) 지경에 이르자 태수인 유언(劉焉)이 의병을 초모(招募·불러 모음)하는 방문(榜文)을 내걸었다. 그 방문을 보고 긴 한숨을 토한 사람이 유비(劉備)다. 그러자 그

뒤에서,

"사내대장부가 나라를 위해서 힘을 내려고는 하지 않고, 어째서 한숨만 쉬고 있단 말이오?"

유비가 고개를 돌려 말한 사람을 본다. 신장이 팔 척, 표범의 머리, 고리눈, 제비 턱, 범의 수염의 사나이다. 목소리는 우레 같고, 기세는 마치 닫는 말과 같다. 호걸이란 생각이 들었다. 성명을 통하고자 하였다. 그가 장비(張飛)다. 둘은 의기가 투합하여 고을 안의 장정들을 뽑아 대사를 도모하기로 한다. 그러나 그 전에 일이 있다. 주막에 들어가 우선 한잔을 마셔야 한다. 둘이 바야흐로 술잔을 나누고 있을 때, 한 사나이가 수레에서 내려 황급히 주막으로 들어온다. 주보(酒保·술을 파는 사람. 술을 파는 가게의 뜻도 있음)를 보고 외친다.

"나 술 한잔 빨리 주."

"네. 어디 가실 길이 그리 바쁘신가요?"

"응. 방문을 보고 지금 성으로 들어가는 길이오."

그 말에 유비와 장비가 고개를 돌려 그 사나이를 바라본다. 당당한 구척장신에 수염의 길이가 두 자는 되어

보인다. 얼굴은 무르익은 대추 빛이요, 입술은 연지를 칠한 듯하며, 봉(鳳)의 눈, 누에 눈썹에 상모가 당당하고 위풍이 늠름하다. 그가 누군가? 바로 관우(關羽)다. 운장(雲長)은 그의 자(字)다. 그래 이 세 사람은 장비의 도원(桃園)에서 형제의 의를 맺는다. 도원결의다. 그리고 장정들을 모집한다. 며칠 사이에 오백여 명의 용사가 모인다. 그러나 말이 없고, 도창궁시(刀槍弓矢)도 부족하다. 일이 되느라 그때 마침 소쌍(蘇雙)과 장세평(張世平)이란 두 상인(商人)이 해마다 북방으로 가서 말을 팔았는데, 금년에는 황건적의 난으로 길이 막혀 되돌아오는 길에 유비 일행을 만나게 되었다. 유비는 관우와 장비와 더불어 이 두 사람에게 술을 권하며, 자기들이 도적을 치고 백성들을 편안히 하고자 하는 뜻을 밝혔다.

두 사람은 유비의 뜻을 장히 여겼다. 좋은 말 오십 필, 금은 오백 냥, 빈철(鑌鐵·강철) 일천 근을 주며 군용에 쓰라고 한다. 뜻하지 않은 선물이다. 크게 사례한 것은 물론이다. 유비는 장인(匠人)에게 명하여 자신에겐 쌍고검(雙股劍), 관우에게는 청룡언월도, 장비에게는 한 자루의 장팔사모(丈八蛇矛)를 만들게 하였다. 관우의 언월도는 날카롭고 무게가 82근이다.

인터넷에 의하면, 관우의 언월도는 무게가 81근이다. 명나라 기준으로는 약 49kg이고, 현재의 기준으로는 19kg다. 무겁다. 그렇다면 관우가 아무리 완력(腕力·팔의 힘)이 세었다고 하더라도 자유자재로 다룰 수 있는 무기는 아니다. 게다가 초승달처럼 생긴 큰 칼을 가리키는 언월도는 후대인 송나라 때 나타난 무기다. 삼국시대엔 없었다는 것이 요즘의 정설이다. 그렇다면 관우의 언월도는 소설 속의 환상의 무기에 지나지 않는다. 소설에서는 관우가 그 칼을 자유자재로 휘둘렀다고 하니 그만큼 관우의 완력이 세었다고나 할까? 그 칼에 찔리거나 목이 떨어진 장수들이 무수히 많았다.

특기할 일은 「五關斬六將」(오관참육장)이란 제목의 사건이다. 관우가 조조에게 항복하고 있다가 유비의 소식을 듣고 단기(單騎)로 찾아가는 도중에 일어난 일이다. 다섯 관문(關門)을 지나면서 여섯 장수의 목을 베었다. 그 칼에 목숨을 잃은 장수들이 어디 그들뿐이겠는가?

관우는 형주를 지키다가 오(吳)나라의 여몽(呂蒙)의 부하에게 잡혀 목숨을 잃는다. 여몽이 그의 시신을 손권(孫權)에게 보내자 손권은 그 목만 비단에 싸서 다시 조조에게 보낸다. 조조가 그 관우의 목을 보고 기절하여 병을 얻었다는 것은 나중 이야기다. 청룡언월도가 어떻게 되었는지는 모른다.

관우와 칼이라니 또 생각나는 소설의 대목이 있다. 관우가 말년에 번성(樊城)에서 위(魏)의 장수 조인(曹仁)의 부하의 독전(毒箭)을 오른팔에 맞은 적이 있다. 독이 뼈에 침투하여 위급한 상황이다. 천우신조(天佑神助)라고 할지 마침 화타(華陀)라는 명의가 나타난다. 살을 째고 독에 상한 뼈를 칼로 긁어낸다. 독을 제거하고는 다시 바늘로 살을 꿰맨다. 뼈 긁는 소리가 매우 커서 곁에 있던 자들이 손으로 얼굴을 가리고 파랗게 질려버렸다고 하는데, 관우는 태연히 술을 마시면서 바둑을 두었다고 한다. 그때 화타가 쓴 칼은 첨도(尖刀)다. 끝이 날카롭게 뾰족한 칼이다. 그러나 화타가 관우를 치료했다는 것은 허구다. 진수(陳壽)의 정사(正史)『삼국지』의 「화타열전」에는 그런 이야기가 없다. 아니, 화타는 관우보다 여러 해 앞서 죽은 인물이다.

다시 인터넷에 의하면, 유비의 쌍고검은 한쪽 면이 납작해 두 자루의 검이 한 칼집에 포개져 들어가는 쌍검(雙劍)이다. 「자웅일대검」(雌雄一對劍)으로 불리기도 한다. 그러나 이런 형식의 칼이 실전에서 얼마나 효과가 있었는지는 의문이다. 두 개가 어때서 그런가? 또 복잡한 형태의 검이기 때문에 무기의 내구성(耐久性)이 떨어진다고 했다. 별로 복잡할 것 같지 않은데 복잡하다니 그것도 의문이고, 좋은 쇠로 만들어서 날이 무디어지거나 빠진 적도 없었는데 내구성이 떨어진다는 것도 의문이다. 유비는 관우나 장비처럼 무인이 아니기 때문에 칼을 들고 적과 싸운 적이 몇 번 없다. 유비의 칼과 그의 칼싸움은 상징적인 의미가 강한 면이 있다고 생각한다.

관우의 청룡언월도로 시작한 이야기가 길어졌다. 그 동생인 장비는 칼 대신 장팔사모(丈八蛇矛)란 창을 썼다. 뱀처럼 구불구불하고 창끝이 입을 벌린 것처럼 갈라진 긴 창이다. 창은 칼이 아니다. 우리의 주제가 아니다.

　왜『삼국연의』이야기만 하나? 칼은『수호전(水滸傳)』에도 많이 나온다. 인물의 다수는 무술에 능하기 때문에 칼 이야기가 많다. 대표적인 표자두(豹子頭) 임충(林冲)의 이야기를 하자. 그는 창봉(槍棒·창과 곤봉)의 교사다. 무예가 도저하다. 그러나 태위(太衛) 고구(高俅)의 꼬임에 빠져 비싸게 주고 산 보검을 들고 태위를 만나러 부중(府中)으로 간다. 모르는 사이에 군기(軍機)를 논의하는 백호절당(白虎節堂)에 들어가는 죄를 범하고 귀양을 간다. 결국 양산박(梁山泊)의 영웅이 되나, 이야기는 그게 아니다. 그가 일천 관을 주고 산 보도(寶刀)에 관하여 이야기를 하고자 한다. 칼을 뽑으면 검광이 빛을 발하여 보는 이의 눈을 부시게 하는 칼이다.

　　"눈이 부시게 푸르른 날은
　　그리운 사람을 그리워하자
　　저기 저기 저 가을 꽃자리
　　초록이 지쳐 단풍 드는데

눈이 내리면 어이하리야

봄이 또 오면 어이하리야

내가 죽고서 네가 산다면

네가 죽고서 내가 산다면

눈이 부시게 푸르른 날은

그리운 사람을 그리워하자."

서정주의 시다. 송창식이 곡을 붙여 노래로도 불렀다. 눈이 부신 것은 여러 가지인 모양이다. 어떻게 생긴 칼인지는 몰라도 검광이 눈을 부시게 하는 보도(寶刀)를 임충이 샀던 것이다.

또 대도(大刀) 관승(關勝)의 칼도 있다. 관승은 관운장의 적파자손이다. 그래 그런지 그의 대도는 청룡언월도였다. 송강(宋江) 일당이 북경성을 공략할 때 그 칼로 한동안 잘 막았다. 그러나 그도 양산박의 일원이 된다.

제2장

『수호전』의 칼

칼 이야기

『수호전』에 흔히 나오는 보통 칼은 요도(腰刀)와 박도 (朴刀)다. 앞의 것은 문자 그대로 허리에 차는 칼이다. 보통 칼집이 없다. 주로 육박전에 썼다. 날은 석 자 두 치, 자루는 세 치다. 칼날이 조금 휘어져 있다. 물론 강철이다. 뒤의 것은 중국의 보병들이 사용했던 무기의 하나로, 여러 무술 분야에서 사용된다. 전체적으로 요도에 비해 긴 손잡이를 갖고 있다. 보통 칼에 비하여 긴 손잡이를 갖고 있어서 전체적으로 더 기다란 형태(약 4~6피트)로 발전해 장권(長卷·나가마키)과 유사한 형태를 갖게 되었다. 주로 언월도처럼 무게를 이용해 적을 가격하면서 베어내어 공격하며, 전투 중 말의 다리를 잘라내는 데 사용되기도 한다. 손잡이가 길어 양손으로 잡고 사용해야 하기 때문에 쌍수대(雙手帶)라고 불리기도 한다.

『수호전』의 이야기가 나왔으니, 하나를 덧붙인다. 식칼도 있다. 비교적 앞 부분에 나오는 화화상(花和尙) 노지심(魯智深)의 이야기다. 지심의 이름은 달(達)이고, 벼슬은 제할(提轄)이다. 지금부터는 노달로 부른다. 노달은 취련(翠蓮)의 부녀가 고깃간을 하는 정도(鄭屠)라는 자의 핍박을 받는 것을 알고, 그를 혼내려고 작심을 한다. 그는 정도의 가게에 들어가 교의에 걸터앉아 입을 연다.

"경략상공의 분부를 받자와 나온 길일세. 비계는 조금도 섞지를 말고, 살로만 열 근을 잘게 썰어주게."

정도가 고기를 다 썰어 연잎으로 싼 다음에 묻는다.

"아이 해서 보내깝쇼?"

"아니야, 또 있네. 이번에는 비계만 열 근을 역시 잘게 썰어주게."

"고기는 만두속이나 넣으시겠지만, 비계는 뭘 하려고

그러십니까?"

"내가 아나? 상공께서 그러시는걸."

상공의 분부라는 데는 하는 수가 없다. 정도는 비계만 열 근을 발라서 잘게 썬 다음 역시 연잎에 싸서,

"그럼, 이렇게 아이 해 보냅깝쇼?

그러나 노달은 다시 말한다.

"아니야, 또 있네. 이번에는 살도 말고 비계도 말고, 뼈만 추려서 열 근을 잘게 썰어주게."

말을 듣자 정도는 입을 벌리고 웃는다.

"원, 남은 바쁜데 이건 누굴 조롱으로 이러십니까?"

그러자 노달은 교의에서 벌떡 일어서며,

"그래, 내가 조롱으로 그런다!"

소리를 버럭 지르고, 연잎에 싸놓은 고기 열 근, 비계 열 근을 그대로 집어들어, 정도 면상에다 탁! 던진다. 정도는 발끈 성이 났다. 비록 고깃간을 하고 있을망정 재산이 넉넉하여, 남에게 「대관인」 소리를 듣는 그다. 노여움으로 얼굴이 새파랗게 질려가지고 커다란 식칼을 집어 드는 것을 보자, 노달은 곧 길로 나가 섰다. 정도는 오른손으로

식칼을 들고 밖으로 뛰어 나오며 왼손으로 노달을 잡으려
든다.

노달은 달려드는 정도를 발을 번쩍 들어서 배를 차 넘
어뜨린 다음, 그대로 한 발로 가슴을 밟고 서서,

"이눔! 네가 노충 경략상공께 가서 관서오로염방사(關
西五路廉方使)나 지냈다면 진관서(鎭關西)래도 좋을지
모르지만, 고깃간 내고 돼지 잡아 파는 개 같은 놈이, 아
니꼽게 진관서가 다 뭐며, 네 불쌍한 취련이는 어찌하여
그토록 못살게 굴었더란 말이냐?"

억센 주먹으로 코허리를 한번 내리치니, 코는 한편으
로 납작하니 붙어버리고, 얼굴은 그대로 피투성이다. 이를
테면, 유장포(油醬舖)를 벌여놓은 꼴이라, 짠 것, 신 것, 매
운 것이 한꺼번에 쏟아져 나왔다.

정도는 일어나려 버둥거려 보았다. 그러나 제 가슴을
꽉 밟고 섰는 노달의 다리가 무겁기 천 근이요, 또 제가
손에 들었던 식칼도 그의 발길에 걷어차여, 저만치 나가떨
어져 있다.

정도는 오직 입으로 뇌까릴 뿐이다.

노달은 다시 주먹을 들며,

"이 도둑놈아! 무어라구?"

이번에는 미간을 한번 쥐어박으니, 이마가 탁 깨어지며 두 눈알이 밖으로 튀어나온다. 흡사 채백포(彩帛舗)를 벌여놓은 듯, 분홍, 검정, 다홍이 모두 터져 나왔다.

보기에 끔찍한 광경이나, 모두들 노달을 두려워하여 감히 나서서 말리려는 사람이 없다.

정도는 더 배겨나지 못하고 소리쳤다.

"잘못했수! 살려주!"

노달은 다시 주먹을 들었다.

"네 이놈! 그냥이나 있다면 외려 살려줄까? 이제 와 빈다구 내 용서할 순 없다!"

세 번째 주먹이 정수리에 가 떨어지니, 마치 전당수륙(全堂水陸)이 도장(道場)이라도 연 듯, 쇠와 방울과 징이 일시에 울린다. 정도는 이미 사지를 쭉 뻗었다.

노달은 생각하였다.

'원, 이놈이 거센 체하더니, 이렇게 무르던가! 내 단 세 주먹에 죽을 줄은 몰랐구나! 아무려나 이대루 있다가

는 내 몸이 위태로울 게라, 어디루 피할 도리를 하여야겠다!……'

주의를 정하고, 그는 정도에게서 한 걸음 물러서며,

"네 이놈! 죽은 체하지만 누가 속을 줄 아느냐? 어디이따 한번 우리 다시 만나자!"

한마디 말을 남기고 즉시 그 자리를 떠난다. 보는 사람은 많아도 앞으로 나서서 잡으려는 이는 없다.

사처(私處)로 돌아오자 노달은 부랴부랴 보따리를 하나 꾸려 등에 메고, 여섯 자 길이 몽둥이를 하나 손에 잡은 다음, 그대로 남문(南門)을 나서 달아났다.[1]

길게 인용했다. 노달이 양산박(梁山泊) 두령의 한 사람이 된 것은 나중 이야기다. 그런데 『수호전』에는 비상한 칼이 또 있다. 둘만 이야기한다. 하나는 표자두(豹子頭) 임충(林冲)의 칼이다. 임충도 양산박의 두령이 된 인물이다. 본래 그는 팔십만금군 창봉교두무사(八十萬禁軍槍棒

---

[1] 『水滸傳』(정음사, 1969), 31~36쪽.

敎頭武師)다. 우연히 길을 가다 노달이 철선장(鐵禪丈·쇠로 된 중의 지팡이)을 휘두르는 것을 보고,

"참 잘 쓴다! 잘 써!"

하고 칭찬의 소리를 지른 것이다. 그것이 인연이 되어 둘은 형제의 의를 맺는다. 그날 임충은 아내와 함께 시비 금아(錦兒)를 데리고 오악묘(五嶽廟)에 참배를 왔다가 뜻밖에 봉술 쓰는 소리를 듣고 와서 본 것이다. 그런데 이야기는 그게 아니다. 노달과 임충이 형제가 된 이상, 그냥 지나칠 수 없다. 한잔이 필수다. 둘이 나무 아래 자리를 잡고 막 술잔을 기울일 때, 시비 금아가 숨이 턱에 닿아 달려온다. 아내 장씨가 오악루(五嶽樓) 아래서 무뢰배에게 붙잡혀서 형세가 급하다는 것이다. 술이고 뭐고 없다. 그냥 다락 앞으로 달려간다. 임충이 소리를 벽력같이 지르며 무뢰배의 대장으로 보이는 놈의 덜미를 잡고, 단 한 주먹에 그놈을 때려눕히려 하는 순간이다. 문득 얼굴을 보니 뜻밖에도 태위(太尉) 고구(高俅)의 수양아들 고아내(高衙內)다.

본래 고아내는 동경 안에 이름 난 부랑자다. 저의 아버지 세도를 믿고서, 아무 꺼리낌 없이 함부로 남의 처자들

을 욕주기를 일삼아 오던 터다. 그래서 사람들은 그를 화화태세[花花太歲·일종의 흉신(凶神)]라 불러왔다. 이놈이 이날 임충의 아내 고씨의 미모를 탐내어 희롱하다 덜미를 잡힌 것이다.

임충이 분한 것은 말할 것도 없다. 그러나 고 태위의 낯을 보아 감히 손찌검을 못한다. 그사이에 고아내는 재빨리 도망친다. 임충은 아내와 시비를 데리고 집으로 왔다. 그러나 마음이 답답하고 우울한 것은 말할 필요가 없다.

다른 한편 고아내도 부중(府中)으로 돌아왔다. 그러나 제 버릇을 개 주지 못한다. 자나 깨나 임충의 부인 장씨 생각뿐이다. 얼마 후다. 부안(富安)이란 건달이 찾아왔다. 유유상종(類類相從)은 예나 이제나 같다.

"며칠 못 뵈온 사이에 신색이 아주 못되셨으니, 그만 일로 그처럼 애태우실 것이 무엇입니까?"

"그만 일이라니, 자네가 내 마음속을 어떻게 알고 하는 말인가?"

"다른 사람은 마치 몰라도 소인만은 환히 압지요. 나

무 목(木) 둘로 인해서 그러시는 것이 아닙니까?"

나무 목이 둘이면 수풀 임(林)자다. 고아내는 은근히 다시 묻는다.

"내 과연 임충의 아낙을 한시라 잊을 길이 없어 이렇듯 초민(焦悶·속이 타도록 고민함) 중에 있네마는, 어떻게 무슨 도리가 없겠나?"

"그리 어려운 일이 아닙니다. 소인의 말씀대로만 하십시오."

둘이서 죽이 잘 맞는다. 부안의 계교는 임충과 교분이 두터운 육겸(陸謙)이라는 사람을 시켜, 먼저 임충을 밖으로 불러낸 다음에 그 부인을 꾀어내자는 것이다.

본래 육겸은 의리(義理)보다는 명리(名利)를 중히 여기는 무리다. 본관 고 태위의 아들 고아내의 환심을 사기 위하여, 서슴지 않고 오랜 친구 임충을 팔기로 작정한다. 그리하여 육겸은 다음 날 임충을 집으로 찾아간다.

"형님, 요사이 도무지 뵐 수가 없으니 웬일이시오?"

"내 마음에 즐겁지 않은 일이 있어 별로 밖에를 나가지 않았었네."

"무슨 일로 그러시는지, 하여튼 내게로 가서 오래간만에 술이나 자시고 얘기나 좀 하십시다."

임충이 응낙한다. 그러자 육겸은 안에다 대고 한마디한다.

"아주머니! 형님 모시고 잠시 나가니 그리 아십시오."

그리고는 두 사람은 밖으로 나갔다. 육겸은 임충을 이끌고 번루(樊樓)로 간다. 번루에 들어서자 육겸은 곧 주보(酒保)에게 상색호주(上色好酒·빛깔이 으뜸인 좋은 술)를 가져오게 하여 임충에게 권한다. 그러자 임충은 술잔을 잡으며 문득 긴 한숨을 토한다. 육겸이 묻는다.

"형님, 대체 무슨 일로 그러시오?"

"대장부가 세상에 나서 밝은 주인을 못 만나고, 소인에게 몸을 굽혀 그런 욕까지도 참아야 하다니……."

"아니, 대체 무슨 일이기에 그러시오?"

임충은 마침내 고아내의 이야기를 자세히 호소한다. 듣고 나자 육겸은 위로한다.

"그것은 아내가 아주머님을 몰라뵙고 그런 게지, 형님 부인인 줄 알고서야 어찌 감히 그런 무례한 짓을 할 수 있었겠소? 너무 생각 마시고 어서 약주나 드십시다.”

임충은 그가 권하는 대로 잔을 거듭하다가 소피를 보러 자리에서 일어났다. 주점을 나와 옆 골목으로 들어가 막 일을 끝내고 나오는데, 저편에서 시비 금아가 달려오며 소리친다.

“나으리, 큰일 났습니다!”

“왜 그러니?”

“나으리께서 육 우후와 나가시고 얼마 안 있어, 웬 사람이 와서 자기는 육 우후의 이웃에 사는 사람이라며, 지금 임 교두께서 약주를 잡숫다가 갑자기 졸도를 하시어 정신을 못 차리시기에, 그래 자기가 기별을 하러 뛰어온 길이라고 하더군요. 그래 쇤네가 아씨를 모시고 그 사람을 따라 육 우후 댁으로 가지 않았겠어요. 다락 위로 올라가 보니 나으리는 안 계시고, 전날 오악묘에서 본 젊은 녀석이 있다가 달려들며, ‘어서 오시우’ 하고 아씨 팔을 덥석 잡는군요. 쇤네는 그대로 아래로 뛰어내려왔지요. 다락 위에서 아씨가 ‘사람 살류!’ 하시는 소리를 한마디 듣고는, 쇤네는 그저 한시바삐 나으리께 알려드려야 하겠다고 사방으로 찾아 돌아다니다가, 마침 약장수 장 서방을 만나, 나으리께서 번루로 들어가시는 것을 봤다고 하기에 지금 이렇게 온 길이에요."

그러나 임충을 그녀가 하는 말을 듣고 있지 않았다. 그대로 한달음에 육겸의 집으로 달려가 층계를 오른다. 다락문은 안으로 굳게 걸려 있고, 마침 아내가 고아내를 꾸짖는 소리가 들린다.

"청평세계(淸平世界)에 남편 있는 처자를 가두어놓고, 네 이놈아! 이 무슨 무례한 짓이냐!"

다음에 들리는 것은 정녕 고아내의 음성이다.

"그러지 마시고, 제발 이 사람 청을 한번만 들어주시우."

임충은 곧 주먹을 들어 다락문을 두드렸다.

"문 열어라! 문 열어!"

임충이 온 것을 알자, 고아내는 그만 혼비백산(魂飛魄散)하여 허둥지둥 다락 창을 밀쳐 열고, 그대로 아래로 뛰어내려 도망한다.

아내가 무사한 것을 보고 임충은 우선 안심은 되었으나, 그처럼 믿고 지내던 육겸이 친구의 의리를 저버린 것을 생각할 때 그의 노여움은 컸다.

가장집물을 손에 닥치는 대로 산산조각을 내었으나 그래도 마음은 시원치 않다.

그는 집으로 뛰어가 한 자루 비수를 품에 품고 곧 번루로 달려갔다. 허나 육겸은 이미 그곳에 없다. 임충은 다시 그의 집으로 가서, 문전에서 밤이 새도록 지킨다. 그러나 육겸은 태위 부중에 몸을 깊이 숨기고, 나오지 않는다. 멍텅구리가 아닌 이상 나올 리가 없다.

며칠이 지났다. 하루는 노지심이 찾아왔다. 연일 육겸을 노리며 원수 갚을 기회를 엿보아도 실패한 임충은 친구와 술잔이라도 기울여 마음속의 화기를 가라앉힐 밖에 다른 도리가 없다. 그리하여 그는 매일 노지심과 더불어 거리로 나간다. 취토록 술을 마시기를 일삼는다.[2]

따옴표를 표시하지 않고 길게 인용했다. 더러 내 말을 집어넣었다. 다시 인용이다. 따옴표는 역시 없다.

---

2) 위의 책, 56~59쪽.

한편 고아내는 두 번째도 뜻을 이루지 못한 데다, 더욱이 그날은 다락에서 뛰어내려 도망 오느라 마음이 놀라고 가슴이 떨렸다. 부중으로 돌아오자, 그대로 침식을 전폐하고 자리에 누워버린다. 그대로라면 며칠 못 가서 목숨이 다할지도 모를 일이다. 이를 보고 가만히 있을 육겸과 부안이 아니다. 둘이 의논한 다음, 이 일을 태위에게 고한다. 듣고 나자 고구가 묻는다.

"그애가 정말 임충의 계집 때문에 그렇듯 병이 난 것이라면, 너희 생각엔 장차 어찌하면 좋겠느냐?"

"원을 풀어드릴 밖에는 도무지 다른 도리가 없을까 합니다."

"글쎄, 그러니 어찌하면 좋으냐 말이다."

"임충을 없애야만 할 것으로 압니다."

"그야 그애를 살리기 위해서라면 한두 놈 목숨쯤 아낄 것이 아니다마는, 임충은 또 무슨 수로 없애느냐?"

"그건 저희가 생각한 한 가지 계교가 있습니다."

그리고는 그 계교가 이러이러한 것이라고 말하자, 고구는 무릎을 탁 친다.

"그 참 좋은 생각이다. 성사만 하고 보면 내 상급은 후히 주마!"

한편에서 이러한 흉계를 꾸미고 있는 줄은 꿈에도 모르고, 임충은 날마다 노지심과 만나 함께 거리로 나다니며 술을 마신다. 그러던 어느 날이다. 두 사람이 열무방[閱武坊·여러 가지 무기를 파는 곳. 열무는 임금이 친히 열병(閱兵)하는 것을 말하는데, 여기서는 그것과 상관이 없음.] 근처를 지나는데, 머리에 두건(頭巾)을 쓰고 몸에는 낡은 전포(戰袍)를 입은 사나이가 한 자루 보도(寶刀)를 손에 들고, 반은 혼잣말로 중얼거리며 지나간다.

"임자를 못 만나 내 보도가 이대로 썩는구나!"

임충이 귓가로 흘려듣고 그냥 그 앞을 지나치려니까, 그 사나이는 뒤를 따라오며 음성을 더 높여 다시 말한다.

"아깝다! 내 보도가 임자를 못 만나 썩는구나!"

그래도 임충은 오직 노지심과 이야기하기에만 골몰(汨沒·한 가지 일에만 정신을 쏟음)한다. 그 사나이는 계속 그 뒤를 따르며 좀 더 음성을 높이어,

"이 큰 동경 안에 그래 칼 하나 알아보는 사람이 없단 말이냐?"

임충이 마침내 고개를 돌려 보자, 그 사나이가 칼을 홱 뽑아 앞으로 내민다. 빛나는 검광(劍光)이 보는 이의 눈을 부시게 한다.

임충이 기어코 일을 당하느라 한 걸음 앞으로 나서며,

"어디 좀 봅시다."

칼을 받아 노지심과 함께 자세히 살핀다. 과연 천하에 드문 보도가 틀림없다.

"값이 얼마요?"

"삼천 관(貫·돈의 단위)은 받아야 맞겠지만 이천 관이면 팔겠습니다."

"이천 관이래도 비싸지 않소? 그렇다고 해도 그 값에 살 사람은 아마 없을 게요. 만약 일천 관만 받겠다면 내가 사리다."

"일천 관이야 말이 되나요? 오백 관만 깎아드릴 테니 일천오백 관에 사시지요."

"일천 관에 어서 파시우. 게서 더는 못 내겠소."

"아무리 내 당장 몰려서 그런다고 해도, 그래 이 보도를 단 일천 관에 팔아버린단 말인가?"

그 사나이는 길게 한숨을 쉬더니 마침내 일천 관에 그 칼을 판다. 보도를 구한 임충은 그날 밤 늦도록 잠을 안 자고 칼을 손에 잡고 이리 보고 저리 살피면서, 혼자 속으로 중얼댄다.

'과연 천하의 보검이다. 고 태위 부중에도 보검이 한 자루 있다던데, 내 아직 구경은 못 하였지만, 내 것이 결코 그만 못하지는 않을 게야······.'

이튿날도 새벽에 일어나자마자 보도부터 손에 잡고 다시 보고 있으려니까, 사시(巳時)쯤 하여 승국[承局·송나라 때 낮은 군직(軍職)] 두 명이 와서 고 태위의 균지(勻旨·정승 혹은 대신이 내리는 명령이나 의견)를 전한다. 보검을 구하였다니 들고 들어와 자기 것과 비교하여 보자는 것이다.

대체 그 말을 누구에게서 들어 이렇게 빨리 알았는가? 속으로 의아(疑訝·의심스럽고 이상함)하게 생각하며 임충은 보검을 들고 두 승국을 따라 부중으로 들어간다. 정청(政廳) 앞에 이르자 걸음을 멈추고, 승국이 말한다.

"태위께서는 이 뒤 후당에 계십니다."

뒤로 돌아 후당 앞에 이르자 임충은 다시 걸음을 멈춘다. 승국이 또 말한다.

"태위께서는 바로 이 뒤에 계십니다. 교두를 바로 여기까지 모시고 들어오란 분부십니다."

문을 두셋 지나 한곳에 이른다. 주위에 둘린 난간이 모두 초록빛이다. 두 승국은 임충을 당 앞에 머물러 있게 한 다음,

"여기서 기다리고 계십시오. 저희가 들어가 태위께 품하오리다."

그리고는 안으로 들어간다. 그러나 한동안 서서 기다려도 도무지 아무 소식이 없다. 마음에 은근히 의혹이 들어 당 앞에 늘여진 발을 들추고 안을 살펴본다. 현판에 푸른 글자로 쓰인 넉 자는 곧 <白虎節堂>(백호절당)이다. 임충은 그만 소스라치게 놀란다.

'이 절당은 곧 군기대사[軍機大事·군기는 군사상의 기밀(機密)]를 상의(商議·서로 의논함)하는 처소인데, 내 어

찌 여기를 들어왔단 말인가?'

도무지 납득이 되지 않는 상황이다. 곧 몸을 돌려 급히 밖으로 나오려 할 때, 문득 신발 소리가 크게 나며 한 사람이 들어온다. 딴 사람이 아니라 바로 본관 고 태위다. 임충은 칼을 잡고 앞으로 나서며 예를 베푼다. 그러나 고 태위는 뜻밖에도 소리를 가다듬어 꾸짖는다.

"네 임충이 아니냐? 내 부른 일도 없는데, 네 어찌 이 백호절당에 들어왔느냐? 너도 법도는 알고 있겠지. 더욱이 손에 칼을 들었으니 아무래도 나를 해치려고 들어온 모양이구나!"

임충은 허리를 굽히고 품하였다.

"아니외다. 승국이 와서 은상(恩相)께서 부르신다 하옵기에 들어왔습니다."

"너를 불렀다는 승국은 어디 있느냐?"

"저 안으로 들어갔소이다."

"이놈! 듣기 싫다! 어떤 승국이 감히 저 안으로 들어갔단 말이냐? 이놈을 빨리 잡아 내려라!"

하고 소리친다. 말이 떨어지자 이방(耳房·큰 방 옆의 작은 방) 안에서 이십여 명의 무리가 우르르 달려 나와 그대로 임충을 묶어버린다. 고스톱이 그때도 있었는지 모르나, '짜고 치는 고스톱'을 당할 수 없다.

고구는 임충을 개봉부(開封府)로 넘기고, 등(滕) 부윤[府尹·시장(市長)]에게 분부한다. 엄히 추문(推問)한 다음에 감리(勘理·죄상을 심문함)를 명백히 하여 처결하라는 명령이다. 개봉부로 넘어간 임충은 부윤 앞에 끌려간다. 지난날 오악묘에서 아내 장씨가 고아내에게 기롱(欺弄·속이어 농락함)당한 일을 위시하여, 승국을 따라 백호절당에 들어간 전후 사실을 자세히 아뢴다. 모두가 태위 부자가 자기를 모해(謀害)하려는 것이고, 자신은 털끝만 한 죄도 없다고 주장한다.

그러나 부윤은 고구의 뜻을 받아, 임충이 백호절당으로 들어간 것은 오직 태위를 모해하려 한 것이라고 하여 기어코 그를 참형(斬刑·목을 베어 죽이는 형벌)에 처하려 했다. 그러나 그 시절에도 강직명단(剛直明斷)한 관원이 있었다. 당안공목(當案孔目·공목은 관청에서 문서를 담당하는 書記)은 사람이 매우 경직[勁直·굳세고 곧음. 강직

(剛直)]한 사람이다. 그는 부윤에게 말한다.

"이 남아개봉부(南衙開封府)는 조정의 뜻을 받아 천하의 대법을 행하는 곳이 아니라, 고 태위의 의사 하나로 그 처단(處斷·결단하여 처치함)이 좌우되는 곳입니까?"

"그건 어찌 하는 말이오?"

"고 태위가 권세를 빙자하여, 털끝만치라도 자기 위엄을 범한 자가 있으면 곧 우리 개봉부로 넘기어, 죽이고 싶으면 죽이고, 살리고 싶으면 살리기를 임의로 하는 줄은 천하가 다 아는 일이 아닙니까?"

"그러면 임충을 어떻게 처결해야 옳겠소?"

"임충의 구사(口詞·말)를 보면 죄 없는 사람이 분명합니다. 그러나 그를 백호절당에 데리고 간 승국을 잡지 못하여 그 일이 명백치 못하니, 칼 차고 절당에 잘못 들어간 죄만을 다스리기로 하여 척장(脊杖·잔등이를 때리는 매) 이십 대를 치고 아주 먼 군주(軍州)로 자배[刺配·얼굴에 자자(刺字)하여 귀양 보냄]하는 것이 법에 맞지 않을까 합니다."

그리하여 임충은 위태로운 목숨을 겨우 건진다. 그러

나 귀양은 가야한다. 일곱 근 반짜리 형틀(칼이라고도 한다)을 목에 걸고, 동초(董超)와 설패(薛霸)라는 두 명의 방송공인(防送公人)에게 끌리어 멀리 창주(滄州) 뇌성(牢城)으로 떠나게 된다.

여러 이야기가 뒤따른다. 간략하게 몇만 말한다. 임충은 언제 돌아올지 모르는 처지라 아내에게 휴서(休書)를 써준다. 일종의 이혼장(離婚狀)이다. 개가(改嫁)를 하라는 뜻이다. 뇌성으로 가는 길에도 우여곡절을 겪는 것은 물론이다. 죽을 고비를 당하였을 적에 노지심의 도움을 받기도 했고, 소선풍(小旋風) 시진(柴進)이란 대인의 도움으로 결국 양산박의 두령이 된다.[3]

『수호전』의 비상한 칼 이야기 하나가 끝났다. 하나 더 남았다. 사람을 찔러 죽여도 피가 묻지 않는 칼이다. 청면수(靑面獸) 양지(楊志)란 영웅이 있다. 키가 칠 척 오륙 촌에, 뺨에 큼직한 점이 있고, 귀밑에 붉은 수염이 나서 상모(相貌·얼굴의 생김새. 용모)가 괴위(怪偉·이상야릇하게

---

3) 위의 책, 59~78쪽.

큼)하다. 그는 일찍이 무거(武擧· 무과과거)에 뽑히어 전사제사관(殿司制使官)[4]이 되었다. 황제의 칙명을 받아 아홉 명의 다른 사관과 같이 태호(太湖) 위로 화석(花石)을 나르던 중에 뜻밖에 풍랑을 만나 황하(黃河)에서 배가 전복되었다. 운수가 불길해 난 사고다. 그러나 죄를 지은 것이다. 벌을 피하려 숨어 지내던 중, 조정에서 사면(赦免)한다는 소식이 들렸다. 그래 동경으로 가서 다시 벼슬자리를 구하려고 가던 길에 양산박 근처를 지나게 된다. 그러다가 임충을 만나 우여곡절 끝에 양산박으로 들어간다. 그러나 그는 임충과 다르다. 도적의 소굴에 몸을 담을 처지가 아니다. 경사(京師·동경)로만 가면 떳떳하게 다시 벼슬을 할 수가 있다. 그래 그는 하룻밤을 양산박에서 묵고는 다시 산에서 내려와 무사히 동경에 이른다.

뜻대로 되지 않는 것이 세상사다. 양지는 지니고 온 금은 재물로 추밀원 상하에 손을 후히 썼다. 어떻게든 전에 지낸 벼슬을 하려 하였다. 그러나 태위 고구는 재물만 탐

---

[4] 황명을 출납하기 위해 군 지휘부가 파견한 하급 군직.

하는 소인이다. 양지의 뇌물이 적은 것을 보고, 그가 올린 문서를 먹으로 지워버리고는 그를 밖으로 쫓아버렸다. 그의 실망과 울적함을 누가 알랴! 차라리 양산박에 머물러 있을 것을 그랬나? 그런 생각도 하였으나, 부모에게서 받은 청백한 몸을 차마 더럽힐 수도 없다.

'무슨 방법이 있겠지! 다른 방도를 찾아보자!'

양지는 곧 동경을 떠나고 싶었다. 그러나 벼슬자리를 얻으려고 지니고 있던 금은 재물을 모조리 쓴 까닭에 몸에 푼전(푼돈·많지 아니한 몇 푼의 돈)도 없다. 당장 객점의 밥값도 낼 형편이 못 된다. 그는 생각 끝에 자기 집에 오랫동안 전하여 내려오는 보도(寶刀)를 내다 팔기로 마음먹는다. 그는 곧 행리(行李·보따리 혹은 여행할 때 쓰는 제구) 속에서 보도를 꺼내들고 마행가(馬行街·말이 다니는 큰 길)로 나간다. 그러나 한식경(食頃·한 차례 음식을 먹을 만한 시간. 일식경)이 지나도록 칼을 보고 값을 묻는 사람이 없다. 양지는 좀 더 사람의 왕래가 많은 곳인 천한주교(天漢州橋) 다리 위로 간다. 그곳에서 칼을 펼쳐놓고 있은 지 얼마 안 되어서다. 사람들이 어지럽게 한편으로

도망치듯 달려가며,

"범이 온다. 범이 와!"

소리를 친다. 그러면서 양지에게도,

"여보, 멀거니 서 있지 말고, 어서 몸을 피하시오."

하고 외친다. 백주 대낮에 동경 한복판에 범이 나오다니, 어인 일인가? 양지가 괴이하게 생각하며, 그대로 서서 동정을 살핀다. 그러자 저편에서 한 사나이가 술에 대취하여 이리 비틀 저리 비틀 갈지자걸음으로 양지가 있는 편으로 다가온다.

그는 몰모대충(沒毛大蟲) 우이(牛二)라는, 경사에서도 이름난 파락호[破落戶·일정한 직업이 없는 무뢰한(無賴漢)]다. 허구한 날 거리를 싸다니며 온갖 행패를 다 부린다. 그래 개봉부 관원들도 우이라 하면 머리를 내두르는 형편이다. 사람들은 그의 그림자만 얼씬해도 범이 나왔다고 피신하기에 바쁘다. 양지는 물론 이런 사실을 모른다. 설혹 알았다고 하더라도 그걸 두려워할 인물도 아니다. 이야기가 되느라고, 우이는 비틀걸음으로 양지 앞에 다가선다. 걸음을 멈추고 한마디 묻는다.

"어이! 그 칼 몇 푼에 파는 거야?"

"천하에 드문 보도인데, 삼천 관이오."

"뭐라구? 삼천 관이라구! 무슨 정신없는 수작이야. 삼십 문짜리 식칼루두 제엔장헐 고기두 잘 썰구, 두부두 잘 베는데, 아 그래 그게 뭐라구 삼천 관이나 달라는 거냐?"

"허 참! 그냥 가게에서 파는 백철도(白鐵刀)하고는 전혀 다른 것이오."

"무에 어떻게 다르단 말인가?"

"첫째, 이 보도는 구리나 쇠를 베되 날이 휘는 법이 없고, 둘째, 털을 갖다 대고 불면 날에 닿기가 무섭게 베어지고, 셋째, 이 칼로는 사람을 죽여도 피가 묻지 않소."

"네 그럼 동전을 베어볼 테냐?

"가지고만 오슈. 몇 조각이든 내드리리다."

우이는 곧 다리 모퉁이 향초포(香椒舖)⁵⁾ 안으로 들어가서 당삼전(當三錢) 스무 닢을 얻어 가지고 나와 다리 난간 위에 놓고 말한다.

---

5) 椒는 '산초나무 초'다. 香椒舖는 '화장품 가게'일 것이다.

“네 어디 한 칼로 두 쪽을 내보아라! 내기만 하면 내 삼천 관에 살 것이니……”

이때 행인들은 감히 가까이는 못 와도, 모두 먼발치로 서서 하회(下回·다음 차례)를 궁금히 여긴다. 양지가 스무 닢 동전을 가지런히 포개 놓은 다음에 소매를 걷어 올리고 칼을 들어 한 번 내리친다. 스무 닢 동전이 모두 두 쪽이 나서 마흔 닢이 된다. 보는 사람마다 모두 갈채(喝采·기뻐서 크게 소리 질러 칭찬함)다. 그러나 우이는 심사(心思)가 틀렸다.

“네 둘째 조목은 무어라구 했지?”

“털을 대고 불면 날에 닿기가 무섭게 베어진다 했소.”

우이는 곧 제 머리털을 여남은 개 뽑아서 양지에게 주며,

“네 어디 해봐라!”

양지가 말없이 받아서 칼날 위에다 대고 입으로 한 번 훅 하고 분다. 머리털은 모두 두 동강이 나서 땅위에 분분히 떨어진다. 보는 이들이 더욱 갈채하기를 마지않는다. 우이는 화를 벌컥 내며,

"네 셋째 조목은 뭣이랬다?"

"사람을 죽여도 칼날에 피가 묻지 않는댔소."

"그럼 이 자리에서 사람을 죽여봐라!"

"금성(禁城) 안에서 살인이 당한 말이오? 저엉 그러면 대신 강아지라도 한 마리 끌어 오시오!"

"얘, 이놈의 수작 봐라! 네 애초에 사람을 죽인댔지, 개를 죽인다군 안 했지?"

"안 살 테면 안 사두 좋으니, 남 성가시게 굴지 말구 어서 갈 길이나 가보시우!"

"뭐야, 성가시게 굴지 말구 갈 길이나 가보라구? 흥! 그럼 내가 속을 줄 아느냐? 어디 그 칼루 나를 베어봐라! 그래두 피가 묻지 않는다면 내가 살 테니⋯⋯."

"내가 노형하고 원수진 일이 없는 터에 까닭 없는 살인을 왜 하겠소."

그러자 우이는 무슨 심보(마음보)인지 와락 달려들어 양지의 멱살을 잡으면서 소리친다.

"그 칼을 내게 팔아라!"

"살 테거든 돈을 가져오슈."

"돈은 없는걸!"

"돈 없이 멱살만 잡구 어떡헐 생각이오?"

"돈은 없지만 칼이 탐나서 그런다. 네 선선히 내게 주든지, 못 주겠건 나를 죽여라!"

말을 마치자 바로 주먹을 들어 양지를 친다. 참을 만큼 참아온 터다. 이젠 더 참을 수가 없다. 멱살 잡은 손을 홱 뿌리치고, 다시 덤벼드는 놈의 가슴을 향하여 보도를 한 번 내두른다. 동경 일판에서 이름난 파락호 우이는 소리 한마디 질러보지 못하고, 그대로 다리 위에 사지(四肢)를 뻗고 만다. 말하자면, 그날이 우이의 제삿날이 된 것이다. 하기야 제사 지낼 놈도 없는 처지니, 죽었다고 서러워할 사람은 아무도 없을 것이다. 그러나 양지로선 문제다. 뜻밖에 살인을 저질렀다. 하늘을 우러러 탄식한 다음에, 곧 개봉부로 나가 자수한다.

살인자 사(殺人者死)는 예부터 정해져 있는 법도다. 그러나 현장에서 사건을 본 사람들의 증언이 양지에게 유리하였고, 또 죽은 자가 관가에서도 머리를 내두르던 무뢰한이다. 부윤도 양지의 죄상을 가볍게 생각하여 척장(脊

杖) 스무 대를 친 다음, 북경(北京) 대명부(大名府)로 귀양을 보낸다.[6]

북경 대명부의 유수사(留守司)는 비록 죄인이나 양지의 무예를 높이 평가하여 그에게 벼슬을 내린다. 그러나 우여곡절 끝에 양지는 벼슬을 오래 살지 못하고, 양산박의 두령이 된다.

식칼에서 시작한 또 하나의 칼 이야기가 길게 되었다. 칼 이야기는 아직 많다. 그러니 갈 길이 멀다. 남은 길은 먼데, 해가 저문다. 일모도원(日暮塗遠)이다. 여기서 일모도원의 고사(故事)를 이야기하고 다음으로 넘어갈까 한다.

6) 위의 책, 82~84쪽.

일모도원
(日暮塗遠)

사마천(司馬遷)의 『사기열전』(史記列傳)에 「오자서열전」(伍子胥列傳)이 있다. 자못 길다. "길고 짧은 것은 대보면 안다"고 한다. 무엇을 어떻게 대보았는지 모르나, 길다. 내 생각에 그렇다. 줄여서 짧게 설명한다.

오자서는 춘추시대의 초(楚)나라 사람이다. 이름이 운(員)이다. 조상 중에 오거(伍擧)가 있었다. 초 장왕(楚莊王) 때 명신이었다. 그 이후 오씨 집안은 초나라의 명문이 되었다. 세월이 흘러 평왕(平王)이 등극했다. 평왕은 자서의 아버지 오사(伍奢)를 태자의 태부(太傅·스승)로 삼았

다. 그러나 간신의 참소로 자서의 아버지와 형인 오상(伍
尚)은 죽임을 당했고, 자서는 오나라로 도망했다. 자서는
강수(江水·양자강)에서 한 어부의 도움을 받았다. 무사히
강을 건널 수 있었다. 위급을 면했다. 강을 건너자 자서는
차고 있던 칼을 끌러 어부에게 사례하려 했다.

"이 칼은 백금(百金)의 값어치를 가지고 있으니, 이것
을 당신에게 사례로 드리겠소."

그러자 어부는,

"초나라에는 이런 방(榜)이 나붙었소. 오자서를 잡는
사람에게는 속(粟·조 속, 여기서는 곡식) 5만 섬과 집규
(執珪)[1]의 벼슬을 준다고 말이오. 만일 내게 욕심이 있었
다면 그런 백금의 칼이 문제겠소?"

하며 받지 않았다. 어부는 무얼 아는 사람이었다. 예부터
어부 가운데는 현자(賢者)가 많다.

잠시 옆길로 들어서서, 굴원(屈原)의 「漁父辭」(어부사)

---

1) 초나라의 최고의 爵位. 珪는 瑞玉으로서 그것을 들고 參朝한다.

를 이야기할까 한다. 굴원은 전국시대의 초나라 사람이다. 오자서보다는 훨씬 후대의 인물이다. 어부에 관한 글을 썼다. 그래 소개한다. 굴원은 초나라의 대부(大夫)였다. 회왕(懷王)의 신임이 두터웠다. 그러나 참소(讒訴)를 당하여 소원하게 되었다. 「離騷」(이소)라는 서정적(敍情的)인 대서사시(大敍事詩)를 지어 충간(忠諫)하였다. 용납되지 못했다. 멱라수(汨羅水)란 강물에 투신자살했다. 「어부사」는 그가 지었다는 글이다. 아래에 적는다.

屈原旣放 遊於江潭

굴원기방 유어강담

行吟澤畔 顔色憔悴 形容枯槁

행음택반 안색초췌 형용고고

漁夫見之問之曰 子非三閭大夫與 何故至於斯

어부견지문지왈 자비삼려대부여 하고지어사

屈原曰 擧世皆濁 我獨淸 衆人皆醉 我獨醒 是以見放

굴원왈 거세개탁 아독청 중인개취 아독성 시이견방

漁夫曰 聖人不凝滯於物 而能與世推移 世人皆濁 何不

漁其泥而揚其波 衆人皆醉 何不餔其糟而歠其醨 何深思
高擧 自令放爲

어부왈 성인불응체어물 이능여세추이 세인개탁 하불
굴기니이양기파 중인개취 하불포기조이철기이 하심사
고거 자령방위

屈原曰 吾聞之 新沐者必彈冠 新浴者必振衣 安能以身
之察察 受物之汶汶者乎 寧赴湘流葬江魚之腹中 安能以皓
皓之白 而蒙世俗之塵埃乎

굴원왈 오문지 신목자필탄관 신욕자필진의 안능이신
지찰찰 수물지문문자호 영부상류장강어지복중 안능이호
호지백 이몽세속지진애호

漁夫莞爾而笑 鼓枻而去 乃歌曰 滄浪之水淸兮 可以濯
吾纓 滄浪之水濁兮 可以濯吾足 遂去不復與言

어부완이이소 고예이거 내가왈 창랑지수청혜 가이탁
오영 창랑지수탁혜 가이탁오족 수거불부여언

번역을 적는다. 최인욱(崔仁旭) 씨의 번역이다.

굴원이 이미 추방을 당하여 상강(湘江)의 못 기슭에 노닐며 택반(澤畔)을 걸어가면서 시를 읊는데, 안색이 초췌하고 형용이 여위었다. 어부가 보고 물어 가로되, "그대는 삼려대부가 아닌가? 무슨 까닭으로 여기에 이르렀는가?" 굴원이 가로되, "온 세상이 다 흐렸는데 나 홀로 맑으며, 뭇 사람이 다 취했는데 나 홀로 깨었으니, 이로써 추방을 당함일세."

어부 가로되, "성인(聖人)은 물(物·사물)에 구애(拘碍·거리낌)받지 않고 세상과 더불어 추이(推移·일이나 형편이 시간의 지남에 따라 변화함)를 같이할 수 있는 것을. 세인이 모두 흐렸으면, 어찌하여 그 진흙을 휘저어 그 물결과 같이하지 않으며, 뭇 사람이 다 취했으면 어찌하여 그 찌꺼기를 먹는 것과 그 박주(薄酒·맛이 좋지 못한 술)를 빨아들이는 것을 하지 않는가? 무슨 생각으로 깊이 생각하고 높이 행(行)하여 스스로 추방을 당하게 했단 말인가?"

굴원이 가로되, "내 들었읍네. 새로 머리를 감은 자는 반드시 관(冠·갓)을 털고, 새로 몸을 씻은 자는 반드시 옷을 떨쳐서 입는다고. 어찌하여 맑고 밝은 몸이 더러운 물건을 받아들일 수 있겠는가? 차라리 상류(湘流)에 달려가 고기의 배에 장사할지언정 어찌하여 결백한 몸에 세속의 진애(塵埃·먼지)를 뒤집어쓰겠는가?" 어부는 빙그레 웃으면서 뱃바닥을 울려 장단을 치며 가는데, 이에 노래를 불러 가로되, "창랑(滄浪)의 물이 맑으면, 내 갓끈을 씻으리라. 창랑의 물이 흐리면, 내 발을 씻으리라." 마침내 가버리고 다시 더불어 말하지 않더라.[2]

어부 가운데는 현자(賢者)가 많다. 고기를 잡으려는 것이 아니라, 시간을 낚는 것이다. 굴원이 만난 어부도 그런 사람이었다. 시간을 낚던 어부의 대표는 강태공(姜太公)일 것이다. 기원전 12세기경, 강상(姜尙) 혹은 여상(呂尙)이라 불리던 그는 위수(渭水) 강변의 반계(磻溪)라는 곳에서 소위 '곧은 낚시'를 물에 담그고 때를 기다리고 있었다. 마침내 주(周)나라 문왕(文王)을 만나 발탁되었다. 문왕은 자신의 아버지 태공(太公)이 "장차 성인이 나타나

---

2) 『古文眞寶』(世界思想敎養全集 7, 乙酉文化社, 1964), 174~177쪽.

주나라를 크게 일으키게 할 것"이라며, 오랫동안 기다렸던 인물이라 하여 강태공을 태공망(太公望)이라 불렀다. 문왕은 그를 스승으로 모셨다. 그 후 그는 문왕의 아들인 무왕을 도와 은[殷·상(商)나라]을 멸망시켰다. 강태공은 그 공으로 오늘날 산동성 지역을 봉지(封地)로 받고, 제후에 봉해졌다. 제(齊)나라의 시조(始祖)다. 그로써 또 주나라의 봉건제도가 시작되었다.

하나의 의문이 있다. 곧은 낚시를 물에 드리우고는 있었지만, 강태공을 어부라고 불러도 될지?

오자서가 만난 어부의 이야기가 굴원의 글로 옮아갔다. 또 강태공의 이야기로 이어졌다. 오자서의 칼 이야기가 그렇게 된 것이다. 어부는 오자서의 칼을 받지 않았다. 그 칼이 나중에 어찌되었는지는 모른다. 다시 일모도원의 이야기로 돌아간다. 자서는 어부의 도움으로 강수(江水)는 무사히 건넜다. 천신만고 끝에 자서는 오(吳)나라로 갔다. 오나라에서 그는 오왕 합려(闔閭)에게 중용되어 행인(行人·일종의 외교 고문)이 되었다. 그러나 그의 마음은 일

구월심(日久月深)으로 부형의 원수를 갚는 것이다. 드디어 때가 왔다. 초나라를 떠난 지 16년 만에 자서는 손무(孫武)와 같이 초나라의 수도 영(郢)을 점령했다. 그러나 그때는 초의 평왕이 죽은 지 이미 10년이 지났다. 그래 당시 왕인 소왕(昭王)을 잡으려 했으나 뜻을 이루지 못했다. 그 대신 자서는 평왕의 무덤을 파헤쳤다. 그리고 시체에 300번이나 매질을 하고 그쳤다고 한다. 아무리 잘 보관이 되었다고 해도 10년이 지난 시체에 300번 매질할 고깃덩이가 있었는지 모르나, 아무튼 그랬다고 한다.

자서에게는 초나라의 대부 신포서(申包胥)란 친구가 있었다. 자서가 일찍이 망명길에 오를 적에 포서에게 자기의 결심을 말했다.

"나는 기어코 초(楚)나라를 뒤엎고 말 테다."

그러자 포서는 이렇게 대답했었다.

"나는 반드시 초나라를 지킬 것이다."

그런 적이 있었다. 그런데 자서가 평왕의 시체를 매질하였다는 소식을 피난 가 있던 포서가 들었다. 포서는 자서에게 사람을 보내 이렇게 전했다.

"당신의 복수는 너무 지나치지 않은가. 나는 들으니 '사람의 수가 많으면 한때는 하늘을 이길 수 있지만 하늘이 한번 결정을 내리면 또 능히 사람을 깨뜨리게 된다'고 했소. 당신은 원래 평왕의 신하로서 몸소 그를 섬기고 있었는데, 지금 그 평왕의 시체를 욕보였으니, 이보다 더 천리(天理)에 어긋난 일이 또 어디에 있겠소."

오자서는 그 사자(使者)에게 이렇게 일렀다.

"부디 신포서에게 잘 전해라. '해는 지고 길은 멀기 때문에 갈팡질팡 걸어가며 앞뒤를 분간할 여유가 없었다'고."[3]

나는 오래전부터 사마천(司馬遷)의 『사기열전』을 열심히 읽었다. 특히 「오자서열전」을 여러 번 읽었다. 그 가운데 특히 신포서의 "사람의 수가 많으면 한때는 하늘을 이길 수 있지만 하늘이 한번 결정을 내리면 또 능히 사람을

---

3) 위의 오자서의 이야기는 崔仁旭·金瑩洙 譯解, 『史記列傳』 1(서울: 東西文化社, 1975), 63~64쪽. 또 나에게는 일본 富山房에서 편집한 『漢文大系』 제6권과 제7권(大正 三年, 五版)이 있다. 한문은 주로 이 책을 본다.

깨뜨리게 된다"는 말과 오자서의 "해는 지고 길은 멀기 때문에 갈팡질팡 걸어가며 앞뒤를 분간할 여유가 없었다"는 말을 좋아했다. 그래 한자로 이 두 문장을 적는다.

앞의 것은 '人衆者勝天 天定亦能破人'(인중자승천 천정역능파인)이고, 뒤의 것은 '吾日暮塗遠 吾故倒行而逆施之'(오일모도원 오고도행이역시지)이다. 칼로 시작한 이야기가 어부 이야기와 일모도원의 이야기를 거쳐서 오자서에 이르기까지 길어졌다. 위에서도 말했다시피, 나야말로 갈 길은 먼데 해가 저무는 형상이다. 갈 길이 멀어도 잠시 신포서의 그 후 이야기를 하는 것이 좋을 듯하다.

신포서는 오자서로부터 '일모도원'의 말을 들은 후, 진(秦)나라로 달려갔다. 초나라의 위급함을 말하고 구원을 청했다. 그러나 진나라에서는 들으려 하지 않았다. 그러자 신포서는 진나라 대궐의 뜰 앞에서 밤낮을 쉬지 않고 울었다. 이레 날 이레 밤 계속해서 울음소리가 끊이지 않자 진 애공(秦哀公)은 그를 딱하게 여겼다.

"초나라가 무도(無道)하기는 하지만, 이런 신하가 있으니 망하게 할 수야 있겠는가!"

하며, 전차(戰車) 500승[乘·승은 거마(車馬) 등을 타는 것은 말하나, 여기서는 거마의 수(數)]을 보내 초나라를 도와 오나라를 쳤다. 진나라 군사는 오나라 군사와 직(稷)이란 곳에서 싸워 이겼다. 정확하지는 않으나, 내가 이리저리 조사해 보니, 그해가 기원전 505년이 아닌가 한다.

그러면 오자서는 그 후 어떻게 되었는가? 여러 가지 이야기가 있다. 자서는 손무(孫武)와 같이 서쪽으로 초나라를 깨뜨리고, 북으로는 제(齊)와 진(晉)을 위협하고, 남으로는 월(越)을 굴복시키기도 했다. 여러 해가 지났다. 그동안 월이 일어나려 하자, 합려 19년 오나라는 월나라를 다시 쳤다. 월왕 구천(句踐)은 오나라 군사를 맞아 고소(姑蘇·고소가 아니란 설도 있음)에서 승리했다. 그 와중에 합려는 손가락에 부상을 입었다. 그것이 원인이 되어 합려는 죽는다. 임종에 즈음하여 그는 태자인 부차(夫差)에게 말했다.

"너는 구천이 이 아비를 죽인 것을 잊을 수 있느냐?"

부차는 공손히 대답했다.

"감히 잊지 못하옵니다."

그 말을 들었는지 어쩐지 모르나, 합려는 눈을 감았다.

부차는 왕이 되자 백비(伯嚭)를 태재(太宰·총리대신)에 임명하고, 군대의 훈련을 혹독히 강화했다. 전쟁 준비를 한 것이다. 그로부터 2년 뒤에 오나라는 월나라를 쳤다. 부초산(夫湫山)에서 승리했다. 월왕 구천은 패잔병 5천 명을 거느리고 회계산(會稽山) 꼭대기에 머물러 있으면서, 대부 문종(文種)을 시켜 오나라 태재 백비에게 후한 선물을 보내면서 강화를 요청했다. 월은 나라를 바치는 동시에 오나라의 신첩(臣妾·여자가 임금에게 대해 스스로를 일컫는 말)이 되겠다고 하였다. 오왕은 이를 허락하려 했다. 그러나 오자서가 반대했다.

"월왕은 고통을 잘 견디는 사람입니다. 지금 왕께서 그를 없애지 않으면 뒷날 반드시 후회하게 될 것입니다."

그러나 오왕은 자서의 말을 듣지 않았다. 백비의 계책에 따라 월나라와 강화했다. 오왕은 백비의 말만 들으면서 자서를 점점 멀리했다. 백비의 모함이 극에 달했다. 오왕은 오자서에게 촉루(屬鏤)란 칼을 내리고 일렀다.

"그대는 이 칼로 죽으라."

자서는 하늘을 우러러보며 탄식을 했을 것이다. 그러나 죽지 않을 도리가 없다. 자서는 그 칼로 자신의 목을 치고 죽었다고 한다. 그렇다고 하니 그런가 한다. 그러나 자기가 쥔 칼로 자기 목을 치기가 쉽지 않다. 배를 찌르기도 마찬가지다. 그래 칼로 배를 찔러 자결을 하려는 사람은 칼끝을 배에 대고 앞으로 엎드린다고 한다. 1905년 을사조약(乙巳條約)에 반대하여 자결한 민영환(閔泳煥·1861~1905년)도 그렇게 돌아가셨을 것이다. 이것은 다른 이야기지만, 일본인의 자결 풍습은 좀 다르다. 자결의 경우, 혼자 힘으로 완결(?)하기가 어렵기 때문에 도움이 필요하다. 스스로 배를 찌르고, 그 순간에 옆에서 도우미가 긴 칼로 목을 친다. 합작이다. 그런 방식으로 비교적 최근에 죽은 인물이 미시마 유키오(三島由紀夫·1925~1970년)란 기이한 작가다. 전통 의식에 따라 자결했다. 당시 화제였다.

다시 오자서다. 자서는 죽기 전에 그의 사인[舍人·집안의 잡무를 맡은 사람. 가인(家人)]에게 명했다.

"내 무덤 위에 반드시 가래나무[梓(재)]를 심어서 그릇을 만들 수 있게 하라[그릇은 오왕의 관(棺)을 암시함]. 그리고 내 눈알을 뽑아내어 서울 동문[東門·지금의 葑門(봉문)] 위에 걸어두어라. 월군이 쳐들어와서 오나라를 없애버리는 것을 보리라."

자서는 죽었으나, 위의 말을 들은 오왕은 크게 노했다. 자서의 시체를 끌어내다가 말가죽으로 만든 자루에 넣어 강물에 던져버렸다고 한다. 오나라 사람들은 그를 동정하여 강수 기슭에 자서를 기리는 사당을 세우고, 그 산 이름을 서산(胥山)이라고 불렀다고 한다(자서가 죽기 이전부터 서산이라 불렀다는 설도 있다).

기구한 운명을 타고나 파란만장(波瀾萬丈)의 삶을 산 자서에 대하여 태사공(太史公·사마천)은 말한다.

"원한의 해독이 사람에게 주는 영향은 참으로 처참하지 않은가. 임금으로서도 그 신하에게 원한을 품게 하는 행동을 할 수가 없다. 하물며 동렬(同列)의 사람이야 어떻겠는가. 처음 오자서가 아버지 오사를 따라 함께 죽고 말았다면, 땅강아지나 개미와 다를 것이 무엇이 있었겠는가. 인질로 잡힌 아버지의 부름을 거절하여 작은 의(義)

를 버리고 그로 인해 부형의 원수를 갚아 큰 치욕을 씻음으로써 그 이름을 후세에 남기게 된 것이다. 참으로 비장한 일이다. 자서가 초나라에 쫓기는 몸이 되어 강수 기슭에서 오도 가도 못 하게 되었을 때는 거지 노릇까지 했었지만, 그의 생각인들 초나라 서울을 잊을 수 있었겠는가? 그러므로 참고 견디며 공명을 이룰 수 있었던 것이다. 열렬한 장부가 아니고서야 누가 능히 이런 일을 해낼 수 있었겠는가."4)

---

4) 司馬遷/崔仁旭·金瑩洙 譯解, 『史記列傳』(동서문화사, 1975), 70~71쪽. 오자서의 이야기는 위의 책, 57~71쪽의 「伍子胥列傳」을 주로 옮김.

제4장

식칼

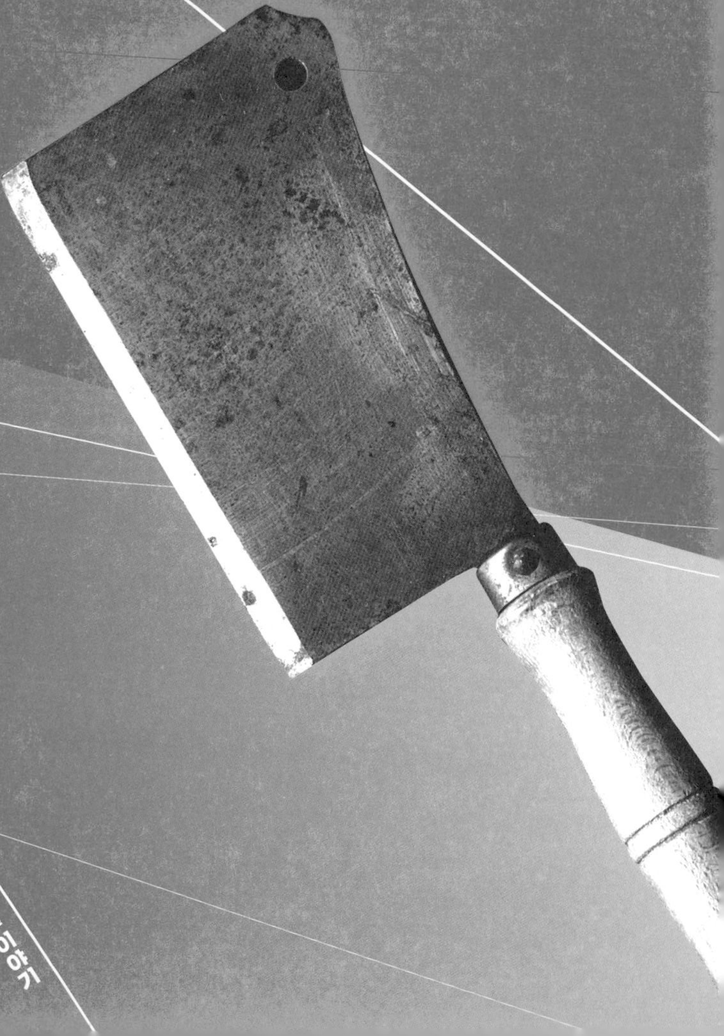

노지심의 주먹에 죽은 정도(鄭屠)라는 고기장수의 칼이 식칼이었다. 식칼은 그리 길지 않다. 30cm 전후가 보통이 아닌가 한다. 식칼이 없는 집은 거의 없을 것이다. 부엌칼이라고도 한다. 우리 집에도 몇 개 있다. 제일 많이 쓰는 것은 ZWILLING J. A. HENCKELS이다. 쌍둥이 그림이 있어서 나는 '쌍둥이 칼'이라고 부른다. 독일 졸링겐(Solingen)이 산지(産地)이다. NO STAIN FRIODUR 31071~200mm (8″)라고 적혀 있다. NO STAIN이 녹나지 않는다는 것인 줄은 알겠으나, 그 뒤는 무엇을 뜻하는지 모르겠다. 또 자주 쓰는 식칼로는 일본산 '旬'(슌)이 두어 개 있다. 하나에는 '旬'이란 글자 옆에 TDMO742라고 적혀 있고, 그 아래 작은 글씨로 아래와 같이 또 적혀 있다.

VG-MAX Damascus
Handcrafted in Japan
Premier Katin 5 I/2

오래전에 도쿄 어느 백화점에서 산 것이다. 본래 날카롭지만 내가 숫돌에 자주 갈기 때문에 아주 잘 든다. 숫돌은 오래전에 일본에서 산 '微粒台付砥'(미립대부지)다. 사이즈는 '195×53×20'인데, 밀리미터일 것이다. 또 근자에 생긴 같은 브랜드의 칼로 DMO741이 있다. 빵 같은 것을 자르기 쉽도록 날이 톱니같이 생겼다. 내 딸 정인이가 준 것이다.

식칼이 『삼국연의』에도 있을 법하여 내가 상상으로 이야기를 꾸며본다. 그러나 식칼 이야기를 하기 전에 칠보도

(七寶刀)를 말하는 것이 순서일 듯하다. 칠보도 이야기가 먼저 나오기 때문이다.

후한(後漢) 말이다. 나라가 망하려면 몽매(蒙昧·어리석고 사리에 어두움)한 임금이 나오기 마련이다. 환제(桓帝)가 어진 신하들을 가두고 환관[宦官·내시(內侍)]들을 숭신(崇信·존중하여 믿음)하자, 이들 무리들의 농권(弄權·권력을 제 마음대로 휘두름)이 심하였다. 환제가 죽고, 영제(靈帝)가 뒤를 이었다. 그러자 대장군 두무(竇武)와 태부 진번(陳蕃)이 환관 조절(曹節) 등을 죽여 나라를 바로잡으려 하였다. 그러나 일이 탄로(綻露) 나서 두무 등이 오히려 해침을 당했다. 환관의 무리 열 명이 한 패가 되어 '십상시'(十常侍)라 이름 짓고, 설쳤다. 천자까지 심지어 환관인 장양(張讓)을 '아부'(阿父·백숙부나 아버지를 친근하게 부르는 칭호)라고 부르니, 나라의 기강이 크게 무너졌다. 백성은 도탄(塗炭)에 빠지고, 따라서 각처에서 도적의 무리가 벌떼처럼 일어났다. 대표적인 도적떼가 황건적(黃巾賊)이다.

작용(作用)이 있으면 반작용(反作用)이 있게 마련이다.

도적의 무리가 나타나면, 그것을 토벌하는 군사가 나타난다. 유비가 관우와 장비와 더불어 형제가 된 것도 황건적을 토벌하기 위함이었다. 그 와중에 두각을 나타낸 자가 동탁(董卓)이다. 그는 원래 서량 자사(西涼刺史)다. 난리통에 어쩌다 황제의 거가(車駕·임금의 수레)를 호위하게 되었고, 그것이 계기가 되어 중앙의 권력을 잡았다. 그러나 그는 본래 포악한 인물이다. 그래 그를 제거하려는 세력이 생겼다. 그중 하나가 사도(司徒) 벼슬의 왕윤(王允)이다. 일을 꾸몄다. 생일을 빙자하여 손님을 초대했다. 반(反) 동탁의 인물들이다. 술이 두어 순 돌자, 왕윤은 갑자기 두 손으로 얼굴을 가리고 통곡한다. 손님들이 의아(疑訝·의심스럽고 이상함)하여 묻는다.

"경사로운 사도 생신에 어이하여 이렇게 비감(悲感·슬프게 느낌)하여 하시오?"

왕윤이 울음을 멈추고 말한다.

"실상은 오늘이 이 사람의 생일이 아니오. 조용히 여러분을 뫼시고 여쭐 말씀이 있으나, 다만 동탁이 의심할까 저어하여(두려워서) 그리 말씀한 것이오. 이제 동탁이 인군(人君·임금)을 속이고, 권세를 희롱하여 사직(社稷)이 조석을 보존키 어려우니, 생각하면 고황제(高皇帝·劉邦)께서 주진멸초(誅秦滅楚·진과 초를 주멸함)하시어 비로소 얻으신 천하가 오늘에 와서 동탁의 손에 망하게 될 줄이야 누가 알았겠소?"

말을 마치자 다시 통곡한다. 옆에 있던 다른 공경(公卿·대신)들이 모두 따라서 운다. 후당 안에 곡성이 가득하다. 그때 문득 한 사람이 손뼉을 치며,

"곡들만 잘하면 동탁이 저절로 죽을까 싶소?"

그리고는 깔깔 웃는다. 효기교위(驍騎校尉) 조조(曹操)다. 왕윤이 크게 노한다.

"너의 조종(祖宗·조상)도 또한 한 나라의 녹[祿·녹봉(祿俸)]을 먹은 터에 나라에 보답하려고는 하지 않고 웃고만 있단 말이냐?"

그러자 조조는 정색(正色·얼굴에 엄정한 빛을 나타냄)하고 말한다.

"내가 달리 웃는 것이 아니라, 만조(滿朝) 공경(公卿)이 이렇게들 모였어도 누구 한 사람 계교를 내어 동탁을

죽이지 못하는 게 딱해서 그러오. 이 조조가 비록 재주는 없으나 원컨대 동탁의 머리를 베어 도문(都門)에 높이 걸고 천하에 사례하오리다."

왕윤이 자리를 옮겨 앉으며 묻는다.

"맹덕[孟德·조조의 자(字)]이 어떤 높은 생각이 있으시오?"

조조가 대답한다.

"제가 근자에 몸을 굽혀 동탁을 섬기는 것은 오로지 기회를 보아 그를 제거하기 위한 것입니다. 사도께 한 자루 칠보검(七寶劍)이 있다는 이야기를 들은 적이 있는데, 잠시 그것을 저에게 빌려주십시오. 그걸 갖고 상부(上府)로 가서 그 도적의 머리를 베어 가지고 돌아오겠습니다."

"맹덕에게 과연 그런 마음이 있다면 나라를 위해 참으로 다행한 일이오."

왕윤이 감격하여 친히 술을 따라 조조에게 준다. 조조는 잔을 받아 술을 뿌려 맹서(盟誓)한다. 그러자 왕윤은 보도(寶刀)를 내어다 그에게 준다. 조조는 그 칼을 몸에 지니고, 공경들에게 하직하고 자리를 떴다.

다음 날이다. 조조는 허리에 보검을 차고, 상부로 들어간다. 종인(從人·시중을 드는 사람)에게 묻는다.

"승상(丞相)께서 어디 계시냐?"

"소각(小閣) 안에 계십니다."

조조가 들어간다. 동탁은 와탑(臥榻·침상) 위에 앉아 있고, 옆에 여포(呂布)가 시립(侍立·웃어른을 모시고 섬)하고 있다. 조조를 보자 동탁이 묻는다.

"맹덕이 오늘은 왜 이리 늦었나?"

"말이 걸음을 잘못하여 늦었습니다."

그러자 동탁은 여포를 돌아보고 분부한다.

"서량(西涼)서 이번에 올려 온 좋은 말이 있지 않으냐? 네가 가서 한 필 골라다 맹덕을 주어라."

여포가 밖으로 나가자, 조조는 혼자 속으로 생각이다.

'이놈이 죽을 때가 되었구나……'

여포는 천하 명장이다. 그가 옆에 있으면 하수(下手·손을 대어 사람을 죽임)하기가 어렵기 때문이다. 그러나 다시 생각이다. 즉시 칼을 빼서 찌르고 싶다. 다만 그의 힘이 센 것이 두려워 잠시 주저하고 있으려니까, 본래 남달리 몸이 비둔한 동탁은 오래 앉아 있지 못하고 조조에게서 등을 돌리고 자리에 눕는다.

절호의 찬스다. 조조는 찬스라는 말을 몰랐을 테니, '절호의 기회'라고 생각했을 것이다. 여기서 나는 히포크라테스(Hippocrates·460?~375년?)의 명언을 이야기하고 넘어갈까 한다.

히포크라테스의 명언

서양의학의 아버지인 그는 『*Medical Aphorism*』(醫學警句)의 시작 부분에서 이렇게 말했다. "Life is short, Art is long, Opportunity fleeting, Experiment uncertain, and Judgement difficult." 번역하면, "인생은 짧고, 예술은 길다. 기회는 달아나고, 실험은 불확실하고, 판단은 어렵다." 약간의 설명을 붙인다. 위의 말은 『*The Use of Life*』란 책의 첫 페이지에 나온다.[1) 히포크

---

1) The Rt. Hon. Lord Avebury, *The Use of Life*, Selected and annotated by A. W. Playfair and Kamegoro Washimi (Tokyo: Yuhodo, 大正 4年), p. 1.

라테스는 의사였기 때문에 사람의 생명과 관계되는 수술도 했을 것이다. 시간을 다투는 수술도 있고, 수술이 성공한다는 보장도 없고, 꼭 수술을 해야 하느냐에 관한 결정도 어렵다. 의사들이 늘 부딪치는 문제를 토로한 것이다. 의사들도 기회를 포착해야 한다. 놓치면 끝이다. 의사뿐 아니라 누구에게나 무슨 일이든 기회가 있다. 붙잡는 경우도 있고, 놓치는 때도 있다. 그래 '운(運·運數)'이란 말도 생긴 것이 아닌가 한다.

조조에게 기회가 왔다. 동탁을 죽일 수 있는 기회가 온 것이다. 동탁이 벽을 향하고 눕는 순간, 조조는 '이제는 네가 갈 데 없이 죽고 말았구나!'라는 생각이 머리를 스쳤다. 급히 보도를 빼어 바야흐로 동탁의 등을 찌르려 하는데, 일이란 참으로 공교롭다. 동탁이 돌아누운 벽에 커다란 거울이 걸리어 있다. 동탁은 조조가 칼을 빼어드는 것이 거울 속에 비치는 것을 보았다. 황망히 몸을 뒤치며 묻는다.

"맹덕이 뭘 하노?"

그때 막 밖에 인기척과 함께 말굽 소리가 들린다. 여포가 들어오는 모양이다. 조조는 곧 칼을 두 손으로 받들고 공손히 꿇어앉아 아뢴다.

"조에게 보도가 한 자루 있기에 특히 은상(恩相)께 바치는 바입니다."

동탁이 받아서 본다. 칼의 길이가 한 자 남짓하다. 칠보(七寶)가 아로새겨졌는데, 날이 심히 날카롭다. 보도가 틀림없다. 나는 여기서 두 가지를 말하고자 한다.

하나, 조조가 수기응변(隨機應辯·그때 그때 기회를 따라 일을 적당히 처리함)에 능하다는 것이다. 후에 위(魏)나라를 창업한 인물이다. 무슨 재주인들 없었겠는가?

둘, 칠보는 무엇인가? 사전에는 칠보가 불경이 꼽는 일곱 가지 보배로 나온다. 첫째, 『무량수경』(無量壽經)엔 금·은·유리·파리[玻璃·수정(水晶)]·마노·거거(硨磲·옥 비슷한 아름다운 돌)·산호 등이라고 나와 있다. 둘째, 『법화경』(法華經)엔 금·은·마노·유리·거거·진주·매괴(玫瑰·중국에서 나는 붉은 빛의 돌) 등으로 되어 있다. 불도를 닦는 중들도 보물을 중시한 모양이다. 그러면 창생(蒼生·보통 세상사람)과 무엇이 다른가? 알다가 모를 일이다. 다시 조조로 돌아간다.

동탁이 칠보도를 보고 있을 때, 여포가 들어온다. 동탁은 그 칼을 여포에게 준다. 조조는 바로 허리에서 칼집을 끌러 여포에게 준다. 동탁은 자리에서 일어나면서 말한다.

"말을 보러 나가자!"

조조는 여포와 같이 동탁의 뒤를 따라 나간다. 말을 보자 조조는 동탁을 보고,

"한번 시험 삼아 타보고 싶습니다."

동탁이 허락한다.

조조는 말 위에 뛰어올라 동남편을 향하여 살같이 달린다. 그가 나간 뒤에 여포는 동탁에게 한마디 한다.

"아무래도 조조의 거동이 수상쩍습니다. 제가 딴 뜻을 품고 왔다가 그만 일이 여의치 못하니까 짐짓 보도를 바친 것이 아닐까요?"

말을 듣고 보니, 동탁 자신도 마음속에 의혹이 든다.

"글쎄다. 나도 그렇게 생각하던 차다."

그 말이 끝날 무렵 동탁의 모사 이유(李儒)가 들어온

다. 동탁이 그사이에 있던 일의 자초지종(自初至終)을 말한다. 그러자 이유가 아뢴다.

"조조가 근자에 식구들을 모두 시골로 내려보내고 요즘은 혼자 지내고 있습니다. 곧 사람을 그의 집으로 보내 보시지요. 그래 그가 바로 오면 정말 보도를 바친 것이고, 오지 않으면 행자(行刺·칼로 찌름)하러 왔던 것이 분명하니, 즉시 잡아다 문초(問招·죄나 잘못을 따져 묻거나 심문함)를 하십시오."

동탁은 그의 말을 좇아, 즉시 옥졸(獄卒) 네 명을 보내 조조를 불러오게 하였다. 옥졸들이 돌아와 보고한다.

"조조의 집에 가서 보니 그는 아침에 나간 후 돌아오지 않았다고 합니다. 그래 다시 여기저기 알아보니, 여기서 말을 타고 나가자 바로 동문(東門)으로 갔답니다. 문 지키는 군사가 물으니, 긴급한 공사(公事)가 있어서 승상의 분부를 받고 가는 길이라며, 뒤도 안 돌아보고 말을 채쳐 가더랍니다."

듣고 나자 이유가 말한다.

"그놈이 행자하려 왔던 것이 분명합니다."

동탁이 크게 노한다.

"내가 저를 그처럼 중히 써주었건만 도리어 나를 해치려 했단 말인가!"

이유가 아뢴다.

"이번 일은 반드시 동모(同謀)한 자가 있을 것이니, 조조만 잡으면 곧 알게 될 것입니다."

동탁은 즉시 영(令)을 내려 각처로 문서(文書)와 도형(圖形·조조의 얼굴과 모습)을 돌리도록 한다. 조조를 사로잡아 바치는 자는 천금 상(千金賞)에 만호후(萬戶侯)를 봉하고, 만약 숨겨두는 자가 있으면 조조와 같은 죄로 다스린다 하였다.

진 현령(陳縣令)

조조는 동문을 나서자 자기 고향 초군(譙郡)을 향하여 급히 말을 몬다. 중모현(中牟縣)을 지나야 한다. 관(關)을 지키는 군사의 눈에 수상쩍게 보여 조조는 사로잡힌다.

현령(縣令) 앞으로 끌리어 가자, 조조는 발명(發明·무죄를 변명함)한다.

"소인을 무슨 죄로 잡으십니까? 소인은 복성(覆姓·두 자로 된 성)이 황보(皇甫)로 한낱 객상(客商·고향을 떠나 객지에서 장사하는 사람)입니다."

그러나 현령은 말없이 조조의 얼굴을 자세히 살펴본다. 한참 동안 침음(沈吟·입 속으로 웅얼거리며 깊이 생각함) 하다가 말한다.

"내가 예전에 낙양에 올라가서 구관(求官·벼슬을 구 함)할 때, 너를 본 일이 있다. 정녕 조조인 줄 알고 있는 터 에 객상 황보란 무슨 말이냐."

그리고는 바로 잡아 가두라고 명한다. 다음 날 경사(京 師·서울)로 압령(押領·죄인을 데리고 감)하여 상을 청하자 는 계획이다. 그리고는 파관 군사(把關軍士)에게는 주식 (酒食)을 잘 먹여서 보낸다.

그날 밤이다. 깊은 시간이다. 현령은 친수인(親隨人·가 까이서 따르는 사람)을 시켜서 조조를 옥에서 끌어낸다. 후원(後院)으로 데려다가 묻는다.

"내가 들으니 동 승상께서 너를 대접하심이 과히 박하

지는 않으셨다는데, 어찌하여 이번에 화(禍)를 자취(自取)하였느냐?”

조조가 대답한다.

“연작(燕雀·제비와 참새)이 어찌 홍곡(鴻鵠·큰 기러기와 고니, 큰 인물의 비유)의 뜻을 알까보냐. 이미 나를 잡았으니, 경사로 끌고 가서 상이나 청할 것이지, 웬 잔소리가 그리 많으냐?”

연작과 홍곡

진승(陳勝)은 젊은 시절, 지주(地主) 집에서 날품팔이를 하였다. 그러나 큰 뜻이 있었다. 또래의 친구들에게,

“이다음에 훌륭하게 되더라도 우리 패를 잊지 않도록 하자!”

고 말했다. 그러자 친구들은,

“우리같이 가난한 농민이 무얼 할 수 있어.”

하며 냉소(冷笑)하였다. 그러자 진승은,

“아아! 제비[燕]나 참새[雀]가 기러기[鴻]나 고니[鵠]와

같은 큰 새의 뜻을 어찌 알겠는가?"

하며 탄식했다고 한다. 제비나 참새 같은 조무래기들은 큰 인물들의 원대한 이상을 알지 못한다는 것을 말한 것이다. 그 배경은 아래와 같다.

기원전 210년, 진 시황제가 죽고, 2세 황제 호해(胡亥)가 즉위했다. 이해 7월 진승과 오광(吳廣)이 이끄는 농민군(農民軍)이 대택향(大澤鄕·安徽省 宿縣 동남)에서 거병했다. 진조(秦朝)를 붕괴시키는 도화선이 된 사건이다.

진승 등 900명은 이때 국경수비병으로 징용되어 어양(漁陽·河北省 密雲縣)으로 가는 도중이었다. 큰비에 막혀 기일 안에 도착할 수 없었다. 설사 도착한다고 해도 늦으면 처형될 것이 분명했다. 농민군의 대장으로 추대되어 있던 진승과 오광은 부르짖었다.

"왕후·장군·대신들도 같은 인간이다. 우리가 되어서 안 된다는 법도 없다. 왕후·장상의 씨가 따로 있나?"

그러면서 호송 관리를 죽였다. 이에 흥분한 농민들은 나무를 잘라 병기를 만들고, 막대기를 깃발로 삼아 궐기하였다. 이로부터 '농민일규'(農民一揆·농민은 다 같다)란 표어를 내걸고, "나무를 잘라 병기를 만들고, 막대를 올려 깃발을 삼는다"고 외쳤다. "斬木爲兵 揭竿爲旗"(참목위병 게간위기)다. 『사기』(史記) 「진섭세가」(陳涉世家)에 나오는 이야기라고 한다.[2]

다시 조조

조조는 연작과 홍곡에 관한 진승의 말을 현령에게 한 것이다. 그러자 현령은 좌우를 물리치고 앞으로 나와 앉으며 말한다.

"네 나를 작게 보지 마라. 내 아직 주인을 못 만났을 뿐이지, 일반 속리배(俗吏輩·견식이 없고 속된 관리)는 아니니라."

그러자 조조는 개연히[3] 말한다.

"나의 조종[祖宗·조상(祖上)]이 대대로 한나라의 녹

---

2) 집현전 편집부 편역, 『고사성어 중국사 이야기』(집현전, 1985), 108~109쪽.
3) 개연(介然)은 '굳게 지켜 변하지 않는 모양'을 뜻한다.

[祿·녹봉(祿俸)]을 먹어온 터에 만약 나라에 보답하는 것을 생각지 않는다면 금수(禽獸·새와 짐승)와 무엇이 다르겠소. 내가 몸을 굽혀 동탁을 섬긴 것은 오직 때를 보아 저를 없애 나라의 해(害)를 덜기 위함이었는데, 이제 일을 이루지 못하였으니, 이 또한 하늘의 뜻인가 보오."

그러자 현령이 묻는다.

"맹덕이 이제 어디로 갈 생각이오?"

조조가 대답한다.

"향리로 돌아갈 생각이오. 가서 교조(矯詔·거짓으로 꾸며낸 임금의 명령)를 내어 천하의 제후(諸侯)들로 하여금 크게 군사를 일으키어 함께 동탁을 치기로 하겠소."

현령은 그 말을 듣자, 친히 그 묶은 것을 풀고 상좌(上座)에 앉힌 다음, 그의 앞에 두 번 절하고 말한다.

"공은 참으로 충의지사(忠義之士)요."

조조는 황망히 답례하고 묻는다.

"고성대명(高姓大名)을 듣잡고 싶소이다."

현령이 대답한다.

"내 성은 진(陳)이요, 이름은 궁(宮)이며, 자(字)는 공

대(公臺)라 합니다. 노모와 처자가 모두 동군(東郡)에 있
소이다. 이제 공의 충의에 감동되어 벼슬을 버리고 공을
따라서 함께 도망할 생각이오."

"참으로 그렇게 하시겠소?"

조조는 기쁨이 비길 데가 없다.

진궁은 반비[盤費·길 갈 때에 쓰는 돈. 노자(路資)]를
수습하고, 길 떠날 준비로 옷을 갈아입는다. 두 사람은 등
에 칼을 한 자루씩 메고, 말을 타고 몰래 그곳을 떠난다.
날이 미처 밝기 전이다.

조조가 진궁과 함께 고향을 바라고 길을 재촉한다. 사
흘 되는 날이다. 성고(成皐)란 지방을 지나게 된다. 조조
는 맞은편의 울창한 숲을 채찍으로 가리키며 말한다.

"예전에 우리 가친과 형제의 의를 맺고 지내던 여백사
(呂伯奢)라는 사람이 저곳에서 산다오. 찾아가서 집안 소
식도 물어보고, 또 하룻밤 묵어 가는 것이 어떨까 하오."

"좋은 생각이오!"

그리하여 두 사람은 백사의 장원을 찾아들어 가 문 앞
에서 주인을 찾는다. 여백사가 나와서 조조를 보고 깜짝

놀라 반긴다. 즉시 두 사람을 안으로 청하여 들인다. 자리를 권하고 묻는다.

"조정에서 자네를 잡으려고 문서를 이곳까지 돌렸는데, 자네가 어떻게 이렇듯 무사히 왔나? 자네 어르신께서는 벌써 진류(陳留) 땅으로 피해 가셨다네."

조조는 지난 일을 자세히 말했다.

"만약 진 현령(陳縣令)이 아니었으면 벌써 이 몸은 가루가 되었을 것입니다."

말을 듣자, 백사는 자리에서 일어나 진궁에게 절하고 사례한다.

"사군(使君)이[4] 아니었으면 조씨(曹氏)는 멸문(滅門·한 집안을 다 죽여 없앰)을 당하고야 말았을 것이오. 자아, 오늘 밤은 내 집에서 편히 쉬어 가시지요."

말을 마치자 몸을 일으켜 안으로 들어가더니, 한참 만에 나온다. 그러더니 진궁을 보고 말한다.

"내 집에 좋은 술이 없어서 서촌(西村)에 가서 한 병

---

[4] 나라의 사명을 받들고 온 사신의 경칭. 여기서는 상대방에 대한 존칭이다.

받아 가지고 오겠으니, 그동안 좀 쉬고 계십시오.”

말을 마치자, 그는 총총히 나귀를 타고 나간다.

조조가 진궁과 마주 앉아 주인이 돌아오기를 기다리는데, 문득 후원에서 써억 써억 칼 가는 소리가 들린다. 조조는 눈이 둥그레져 진궁의 얼굴을 바라보며 가만히 속삭인다.

“여백사가 내 지친(至親·부자·형제간을 말함)은 아니오. 술 받으러 밖에 나간 것이 의심스러우니, 우리 가만히 안으로 들어가서 동정을 좀 살핍시다.”

두 사람이 조용히 방에서 나와 발소리를 죽이고, 안으로 들어간다.

초당(草堂) 뒤에 인기척이 있다. 가만히 그편으로 다가가서 귀를 기울여 듣는다.

“묶어가지고 죽이는 게 좋지 않을까?” 하는 말이 들린다.

“저것 보오” 하며 조조는 진궁을 돌아본다.

“우리가 먼저 하수(下手·손을 대어 사람을 죽임)를 안 했다가는 저들 손에 우리가 죽게 될 것이 분명하오.”

조조는 칼을 빼어들고 달려가 뒤껻에서 칼 갈고 있는 남자를 비롯하여 남녀노소 없이 눈에 띄는 대로 죽인다.

여덟 식구가 그대로 몰사(沒死·죄다 죽음)다. 누구 남은 사람이 없나 하고 조조가 진궁과 같이 앞뒤 뜰을 다 돈다. 마지막으로 부엌 안을 들여다보니, 부엌 마루 밑에 곧 잡을 돼지가 한 마리 묶여 있다. 진궁은 소스라쳐 놀라, 조조를 돌아보며 말한다.

"맹덕이 의심이 많아서 공연히 좋은 사람을 죽였구려."

조조도 사람인지라 속으로 뉘우치며,

"자아, 주인이 돌아오기 전에 빨리 이곳을 떠납시다."

두 사람은 급히 장원을 나와 말을 달렸다.

내가 조조와 진궁이 여백사의 식구를 몰살(沒殺)시킨 이야기를 장황하게 한 이유는 조조의 행위를 설명하려는 것도, 규탄하려는 것도 아니다. 돼지를 잡으려고 '써억 써억' 갈던 칼이 **식칼**이라는 것을 말하고자 하는 의도 때문이었다. 돼지 잡는 칼이 따로 있을 리가 없으니, 식칼이라고 내가 추측한 것이다. 식칼은 그런 칼이다.

　그러면 여백사의 식구를 모두 죽이고, 다시 도망 길에 나선 조조와 진궁은 어떻게 되었나?

　얼마 안 가서다. 저편에서 돌아오는 백사를 만난다. 나귀 안장에는 술이 두 병 달렸고, 손에는 과품(菓品·과일과 과자)과 채소(菜蔬)가 들렸다. 백사는 두 사람이 총총(恩恩·급하고 바쁜 모양)히 떠나는 것을 보자, 바로 소리쳐 부른다.

　"왜 이리 급하게 떠나나? 사군 뫼시고 다시 들어가세."

　그러자 조조는 말한다.

　"죄 지은 몸이 어떻게 오래 머물러 있을 수 있습니까?"

　"내가 집안 사람한테 돼지까지 한 마리 잡으라고 했네. 사군 모시고 하룻밤 묵어 가기로 무슨 일이 있겠나? 어서 도루 들어가세."

　그러나 조조는 그 말에 아무런 대꾸를 하지 않고, 그냥 그의 곁을 지나쳐버린다. 백사가 잠시 그의 뒷모양을 섭섭히 바라다보다가 다시 초연(超然·세속을 초월한 모양)히 자기 집으로 향하여 간다. 그때 저만치 말을 달려가던 조조가 진궁을 향하여,

"잠깐 기다리오."

하더니, 말머리를 돌려 백사의 뒤를 쫓아간다.

"저기 오는 사람이 누굽니까?"

큰소리로 외친다. 백사가 놀라 나귀를 멈추고, 뒤를 돌아본다. 그러자 조조는 그대로 달려들어, 손이 한번 번뜻 한칼에 여백사의 목을 벤다. 어쩌나? 여백사는 나귀 아래로 거꾸러져 떨어진다. 천하장사라도 목이 떨어지면, 타고 있던 말에서 떨어진다. 나약한 여백사는 말할 것도 없다. 이것을 바라본 진궁은 소스라쳐 놀란다.

조조가 피 묻은 칼을 씻어 칼집에 꽂는다. 어디다 어떻게 씻었는지는 모르나, 씻었다는 것이다. 그리고는 다시 진궁의 곁으로 온다. 진궁이 나무란다.

"그게 무슨 짓이오. 아까는 모르고나 한 일이지만……"

그러나 조조의 대답은 태연스럽다.

"그 사람이 집에 돌아가 식구들이 몰살당한 것을 보면, 반드시 동네 군을 풀어가지고 뒤를 쫓아올 터이니, 아주 진작(좀 더 일찍이) 화근(禍根·재앙의 근원)을 없애는

게 좋지 않겠소."

"그래도 알고 죽이는 것은 아주 의롭지 못한 짓이오."

"나는 그렇게 생각하지 않소. '영인부아'(寧人負我)이나 '무아부인'(毋我負人)이란 말이 있으나, 나는 그 반대요. '영아부인'(寧我負人)일지언정 '무인부아'(毋人負我)요."

나는 차라리 남을 저버려도, 남이 나를 저버리게 하지 않겠다는 말이다. 이것은 착한 사람의 말이 아니다. 진궁은 잠잠히 말이 없었다.

그러면 그 후 조조와 진궁은 어떻게 됐나? 저녁이 가면 밤이 온다. 그날 밤이다. 달이 유난히 밝다. 달은 인간의 소행(所行)과는 관계없이 뜨고 지곤 한다. 달빛을 띠고, 다시 두어 마장[십리가 못 되는 거리를 말할 때 '리(里)' 대신으로 쓰는 말]을 간다. 객점(客店·길손이 지나다가 음식이나 술을 사 먹거나 쉬던 집, 旅店)이 있다. 밥을 시켜 배불리 먹고 나자, 조조는 먼저 자리에 든다. 금방 코를 곤다. 피곤도 했을 것이다. 그러나 죄 없는 사람을 아홉

씩이나 죽인 사람 같지가 않다.

진궁은 곤히 잠든 조조 옆에 앉아서 혼자 생각이다.

'나는 조조를 좋은 사람으로 보아 모처럼 벼슬까지 버리고 그를 따라왔건만, 이제 보니 이리 같은 놈이로구나. 그냥 두었다가는 반드시 후환(後患·뒷날의 근심과 걱정)이 될 것이다. 차라리 진작 죽이는 게 옳겠다.'

진궁은 곧 칼을 빼서 조조를 죽이려 하다 손을 멈춘다. 다시 생각이다.

'내가 모처럼 저를 따라 여기까지 왔는데, 이제 갑자기 그를 죽이는 것은 의롭지 못한 일이 아닌가. 나나 다른 데로 가보자.'

칼을 도로 칼집에 꽂고 진궁은 날이 미처 밝기도 전에 말에 올라 동군(東郡)을 향해 떠난다. 조조는 위(魏)나라를 세운 창업주다. 위왕(魏王)이 되었다. 그런 인물이니, 쉽게 죽을 수 없었을 것이다.

조조는 그렇다고 하자. 진궁은 그 후 어떻게 되었나?

진궁은 어쩌다 여포(呂布)를 만나, 그의 모사가 된다. 여포는 힘은 천하무적이나, 꾀가 없다. 여러 전투에 패하여 서주(徐州) 하비성(下邳城)에 은신하고 있다가 조조와 유비의 연합군에 사로잡힌다. 물론 진궁도 함께 잡힌다. 조조가 옛 생각에 진궁을 살려주고 싶은 생각이 없지 않았다. 그러나 진궁은 성의 문루(門樓)에서 내려가 형장의 이슬이 된다. 생각건대, 진궁은 마음이 여린 사람이다. 우유부단(優柔不斷)의 인물이다. 이런 사람도 있고, 저런 사람도 있다.

그런데 『삼국연의』에는 또 하나의 **식칼**이 있다. 이것도 내 추측이다. 유비가 여포에게 쫓겨 손건(孫乾)과 같이 조조에게로 도망가는 길이다. 하루는 날이 저물어 한 촌가(村家)를 찾아든다. 젊은 주인이 나와 절을 하고 맞는다. 엽호(獵戶) 유안(劉安)이다. 유안은 자기 집에 온 사람이 평소에 우러러 보던 유비인 줄 알자, 없는 살림이나마 정성껏 대접하고 싶었다. 엽호는 사냥꾼이다. 사냥이 생업이다. 산돼지나 노루라도 잡아서 대접을 하고 싶지만, 이미 저녁이고 내일 아침이면 떠날 손님이다. 어찌할 방도가 없다. 가난한 촌구석이다. 이웃집엘 가본대야 얻을 게 없

103

다. 생각다 못한 그는 젊은 아내를 죽인다. 그 고기를 삶아 내어놓았다.

"이게 무슨 고긴가?"

유비는 젓가락으로 한 덩어리를 집어 먹으며 묻는다.

"이리 고기입니다."

유안의 목소리는 낮고 떨린다. 아내를 죽인 죄책감에 목소리가 떨린 것이다. 양심이 조금은 있었나? 그런데 왜 하필 이리 고긴가? 사전에는 이리가 "갯과의 짐승. 산에 삶. 개 비슷한데, 늑대·승냥이보다 큼. 털빛은 변화가 많고 흔히 회갈색 바탕에 검은 털이 섞임. 성질이 사납고, 육식성인데, 때로 사람을 해침."이라고 나온다.[5]

유안은 유비의 물음에 무심결에 이리 고기라고 대답한 것이다. 평소에 이리같이 사나운 아내를 데리고 살았나? 이리같이 사나운 여자라면 남편이 죽이려 들 때, "너 죽고 나 죽자"고 대들었을 것이다. 양과 같이 순한 이리도

5) 이승희(李熙昇) 감수(監修), 『민중 엣센스 국어사전』(민중서림, 1994), 1983쪽.

있나? 알 수 없다. 소설에서 그렇다고 하니 그런가 보다 한다. 그런데 이야기는 그게 아니다. 유안이 그의 아내를 죽일 적에 쓴 칼이 **식칼**이었을 것이란 생각이 들어 이리 이야기를 길게 끌고 온 것이다. 유안은 아내를 부엌에서 죽였기 쉽고, 부엌에는 **식칼**이 있기 마련이란 생각을 한 것이다. 싱거운 이야기를 하나 더 하고 넘어가자.

별 걱정

종로 2가 종각 건너편에 화신(和信)백화점이 있던 시절이다. 그때는 시내버스에 여자 차장이 있었다. 버스 문도 여닫고, 요금도 받고, 승객이 많을 때는 밀어 태우기도 하는 일을 했다. 한번은 화신백화점에서 안국동, 동관 대궐의 돈화문 앞을 지나 돈암동 방향의 버스에 어떤 육군 대위가 탔다. 차장을 보더니, 느닷없이 "차장! 수고가 많지!" 하는 것이었다. 차장은 속으로 '원 별 싱거운 사람도 있다.'고 생각하며 가는데, 그 손님이 혜화동 정류장에서 내린다. 그런데 돈을 내지 않는다. 그래 차장이 "아저씨! 돈 내고 가셔야죠!" 하니, "돈 없어!" 하며 그냥 간다. 바쁜 차장이 쫓아갈 수도 없는 상황이라, "돈 좀 갖고 다니세요!"라고 소리를 친다. 그러자 그 군인이 "원 별 걱정 다하네!" 하고는 유유히 가더란 이야기가 있다.

싱거운 이야기가 아니라 싱거운 생각을 한 것이다. 사람의 고기를 이리 고기인줄 알았다지만, 배고픈 김에 유비는 잘 먹긴 했을 것이다. 내가 오래전에 유비를 '쪼다'로 묘사한 적이 있지만,[6] 그 말이 틀리지 않는다는 생각이 다시 든다. 쪼다는 쪼다다.

하기야 사람은 배가 고프면 무어든지 먹으려 하고, 먹는다. 오래전의 일이라 정확한 기억은 없지만, 안데스산맥 위에 비행기가 추락한 사건이 있었다. 산 사람을 죽여서 그 살을 먹지는 않았겠지만, 사람의 고기를 먹었다는 신문 기사를 읽었다. 그랬는지도 모른다. 또 식음을 전

---

6) 『소설이 아닌 삼국지』(조선일보사, 1993), 306~329쪽.

폐하고 죽음을 기다리다 저승(?)으로 가는 고승(高僧)의 이야기도 있다. 또 단식(斷食) 혹은 절곡(絶穀)이란 말도 있다. 단식을 해도 물을 마시면 한 달가량 버틴다. 물도 안 마시면 일주일, 길어야 열흘쯤 산다고 한다. 우리나라엔 단식을 한다면서 꿀물을 대접으로 마시던 정치인도 있었고, 단식을 쇼(show)로 한 정치인(?)도 있다. 「쇼처럼 즐거운 인생은 없다」(*There's No Business Like Show Business.*)라는 제목의 미국 영화도 있다. 1954년에 제작된 뮤지컬이다. 마릴린 먼로(Marilyn Monroe)도 나온다.

다시 유비다. 이튿날 아침이다. 유비는 주인에게 하룻밤 신세를 사례하고, 말을 끌어내려고 뒷마당으로 가다가 부엌 뒤에서 한 젊은 여인의 시체를 본다. 두 젖통을 몽땅 베어내어 갈빗대가 드러난 무참한 시체다. 유비가 보라고 시체를 치우지 않은 것은 아니겠지만, 왜 시체를 치우지 않고 방치(放置·그대로 버려둠)했는지 모른다. 아무튼 유비는 깜짝 놀라며 의심이 버썩 든다. 주인을 추궁하여, 간밤에 먹은 고기가 이 젊은 여인의 젖통인 것을 알았다. 토

(吐)할 수도 없다. 토해 보았자 소용이 없다. '비감(悲感·슬픈 느낌)한 정회(情懷·생각하는 마음)'를 품었다지만, 그것도 소용이 없는 일이다. 현덕[玄德·유비의 자(字)]은 한동안 유안의 손을 잡고 말없이 눈물만 흘린다. 그리고는 길게 한숨짓고 떠난다. 유안 역시 울면서 말한다.

"소인이 사또님 뫼시고 가고는 싶사오나, 다만 늙은 어미가 있어서 멀리 못 갑니다. 사또님, 행차 안녕히 하십시오."

아내는 잡아 죽여도 괜찮고, 어미는 봉양해야 한다니, 아내들이 들으면 "천하의 죽일 놈"이라 할 것이다. 내 생각이다. 소설에 그렇다고 하니 그런가 한다.

나중에 유비의 이야기를 들은 조조는 역시 비감하여 하며, 금(金) 백 냥을 유안에게 보내라고 하였다고 한다. 금 백 냥이 얼마나 큰돈인지는 모르나, 그 돈으로 마누라를 다시 얻었다는 얘기는 없다. 내가 이 이야기를 장황하게 하는 이유는 유안이 아내의 젖통을 베었을 적에 사용한 칼이 **식칼**일 것이란 생각을 했기 때문이다. 식칼 이야기는 그만 한다.

이일청은 서울대학교 정치학과 1986년 학번이다. 나와 몹시 친한 제자다. 지금은 제네바의 <유엔 사회발전연구소>에서 일하나, 아래의 편지를 나에게 보낸 때는 런던에 있었다. 근 30년 전이다. 내가 칼에 관한 이야기를 한 모양이다. 그래 아래와 같은 편지를 보낸 적이 있다. 사적(私的)인 편지를 공개하는 것이 바람직한 것은 아니나, 칼에 관한 이야기이기 때문에 옮겨 적는다. 내 편지에 대한 답신이다.

최명 선생님께

선생님, 이렇게 컴퓨터로 편지를 드리게 되어서 죄송합니다. 컴퓨터로 쓰는 것이 정확한 정보를 보장할 수 있는 방법이라 생각되어 이렇게 편지를 드립니다.

편지 감사합니다. 이곳에 도착한 것이 19일이니 약 보름 정도 걸리는 듯합니다. 이곳에서는 서울에 도착하는 것이 5일이면 된다고 하는데 서울에서 보내는 것이 더 오래 걸리는 모양입니다.

선생님께서 궁금해 하시는 것에 대해서 역사를 전공한 사람에게 물어보기도 하고 영문학을 한 사람에게 물어보기도 하였는데 뾰족한 대답은 얻지 못했습니다. 하지만 Knife-ban에서 말하는 knife는 sword를 포함하는 것이 틀림없습니다. 왜냐하면 Martial arts shop에서 sword라고 분류되는 물건도 팔고 있고 Knife-ban 자체가 몇 인치 이상의 knife를 문제 삼고 있기 때문에 만약 이 법안이 통과된다면 sword 역시 규제의 대상이 될 것이기 때문입니다.

문제는 길이인데 문헌에서 knife를 설명하면서 sword-size가 아니라는 말은 있는데 몇 인치부터 sword이고 몇 인치까지가 knife인지는 설명이 없었습니다. 단지 sword의 사전적 정의가 a weapon with a long thin metal blade and a protected handle 또는 a weapon usually of metal with a long blade and hilt with a hand guard, used especially for thrusting or striking, and often worn as part of ceremonial dress이고, knife의 경우 a sharp blade with a handle, used for cutting or as a weapon이어서 길이와 사용 방법의 차이가 있지 않나 하고 생각해 볼 따름입니다.

그러나 이러한 구분에도 예외가 있어서 여러 가지 종류의 knife를 통해 귀납적으로 정의를 내리기도 힘들 것 같습니다. 예를 들면 machete는 knife의 한 종류인데(a broad heavy knife used as a cutting tool and as a weapon, especially in Latin America and the West Indies), 그 길이가 sword라고 불리는 것보다 깁니다. 그리고 보내드리는 article에도 나와 있지만 left-handed dagger(이것도 knife의 한 종류입니다. A short pointed knife used as a weapon.)라는 것이 cutting뿐만 아니라 thrusting도 하기 때문에 기능적으로 구분하기도 모호합니다.

제 생각에 sword는 weapon으로서 obsolete한 물건이 되어버려서 antique에서나 쓰는 단어가 되어버렸고, knife의 경우는 여전히 여러 가지 용도로 현재도 사용되고 있기 때문에 Knife-ban이 되지 않았나 합니다. 우리말로 번역을 하자면 「도검류(刀劍類) 금지에 관한 법안」 정도가 될 듯하니, 선생님께서 쓰시려고 하는 검에 관한 글에 '도검의 현대적인 의미' 혹은 '도검의 서양적 구분'에 관한 어느 정도의 얘기를 구성할 수 있을 듯합니다.

보내드리는 글 중 Gordon Gardiner가 쓴 글은 20세기의 도검류에 관한 글이고[Gardiner, G., 'Edged Weapons' in Richard O'Neill (ed.), *Military Collectibles: An International Directory of Twentieth-century Militia* (London: Salamander Books Ltd. (1983)], 또 다른 글은 Frederick Wilkinson이 쓴 antique에 관한 글입니다 [Wilkinson, F., 'Edged weapons' in Paul Atterbury, *Encyclopedia of the Decorative Arts* (2nd ed., Leicester: Gallery Press, 1984)].

혹시라도 도움이 되었으면 좋겠습니다.

여기 와서 역사 공부가 필요할 것 같아서 영국사 책을 짬짬이 보고 있는데, 그냥 보느니 재미있게 보자 싶어서 역사와 관련된 castle도 함께 보고 있습니다. 우리나라의 경우 palace와 castle이 분리되어 있는 데

반해서 이곳은 castle이 한편으로는 주거 공간이었고 또 한편으로는 전투를 위한 건물이어서 모든 castle의 건축 양식이 무기의 발달과 관련 있기 때문에 간간이 무기에 대해서도 책을 보고 있는데 이번 기회에 칼에 대해서도 몇 가지 자료를 볼 수 있어서 무척 재미있었습니다.

『소설이 아닌 임꺽정』이 탈고되어 곧 출간될 예정이니 곧 종이 값이 폭등하리라 생각됩니다. 두 개의 장에 해당하는 초고를 미리 읽었다는 은밀한 기쁨도 만만치 않습니다.

선생님 몸 건강하시고 안녕히 계십시오. 그냥 보아 넘기시지 않고 편지해 주셔서 감사합니다.

1996년 11월 20일

이일청 올림

손으로 쓰지 않고, 컴퓨터로 써서 인쇄하여 보내는 것을 미안하게 생각한 모양이다. 형식이 중요한 것이 아니라 나는 그저 고마울 따름이었다. 그런데 위의 편지와 함께 이 군이 보낸 자료들이 있다. 하나는 편지 쓰기 전 달 10월 25일자 『*The Guardian*』이다.[1] 제1면에 크게 「Blair push for knives U-turn」(블레어가 칼의 U-턴을 밀어붙이다)이란 제목의 기사가 있다. 노동당 총리인 토니 블레어가 칼에 의한 살상의 피해를 줄이기 위한 목적으로 무기상(武器商)의 카운터에 칼의 진열을 금지하고, 또 칼의 우편 주문을 금지하는 법안을 제출한 내용이다. 다른 자료는 「Edged Weapons」(날이 있는 무기)란 제목의 두 개의 긴 글이다. 하나는 『*Military Collectibles*』에 있는 Gordon Gardiner의 글이고,[2] 다른 하나는 Paul Atterbury가 편집한 책의 작자 미상의 글이다.[3] 앞의 글

---

[1] 런던과 맨체스터에서 발간되는 일간지다.
[2] Gordon Gardiner, "Edged Weapons," in *Military Collectibles: An International Directory of Militia*, pp. 16~41.
[3] *Antiques: An Encyclopedia of Decorative Arts*, edited by Paul Atterbury (2nd ed., Hong Kong: Gallery Press, 1984), pp. 258~269.

을 먼저 소개한다.

Gardiner의 글

"칼의 역사는 사람의 역사"(The history of the sword is the history of humanity)라고 리처드 버튼 경 (Richard Burton·1821~1890년)이 그의 『*The Book of the Sword*』란 책에서 말했다. 그는 유명한 여행가이자 작가였고, 그 자신 검객(劍客)이었다. 그는 이어서 "칼을 양도하는 것은 항복이다. …… 칼을 부러뜨리는 것은 품위의 상실이다. 칼에 키스하는 것은 최상의 맹서와 경의의 표시다."라고 말했다.

청동기시대에 지금과 같은 형태의 칼이 나타났을 적부터 칼은 '무기의 여왕'(queen of weapons)이었다. 흑색화약(black powder)이 처음 등장하고, 전장에서 대포와 장총이 쓰이기 시작했을 때도 칼은 보병과 기병의 중요한 무기였다. 18세기 후반에 와서 유럽과 북미에서 군검(軍劍)의 스타일과 제조가 표준화되기 시작하였다. 19세기에 들어서서 금속 탄약통과 다발화기(multi-shot firearms)가 발전하면서 날이 있는 무기의 쓰임새가 줄었다. 그러나 제1차 세계대전이 발발하면서 미증유의 흉포한 포병의 탄막 사격(barrages)과 기관총의 무자비한 대량 발사에도 불구하고 칼은 기병의 전형적인 무기였고, 그러한 현상은 적어도 대전 초기에는 보병 장교들에게도 마찬가지였다.

제2차 대전 중인 1942년에도 영국의 기마농민의용연대(British Yoemanry Regiments)의 일부 병사들은 말 대신 탱크 위에서도 **1908년 패턴의 기병 칼**(Troopers' Swords of 1908 Pattern)을 놓기 위한 선반을 만들어 사용하기도 했다. 일본에서는 **무사도**(武士道)의 관례에 따라 칼을 최고의 무기로 쳤고, "**칼은 사무라이의 영혼**"이라는 유명한 금언(金言)도 있다. 제2차 대전 당시에도 소위 일본제국의 육해군 장교들은 전투에 임할 때 예외 없이 칼을 찼다. 유사시에 쓴 것은 물론이다. 오키나와 전투의 미군 사령관의 보고에 의하면, 그의 운송 차량에 다섯 명의 칼을 든 일본 장교가 대든 일이 있었다고 한다. 또 과달카날(Guadalcanal) 해변에서도 뉴질랜드 코르벳함

(corvette)의 선원들이 바다 위로 부상한 일본 잠수함에 올라가 칼을 든 일본 해병과 싸웠다는 기록도 있다.

요즘에는 서양에서도 칼은 순전히 의식(儀式)을 위한 장식물로 간주되는 것이 보통이다. 칼들의 모양과 양식도 19세기 초 이후 크게 변하지 않았다. 얼마 전에도 런던의 화이트홀(Whitehall) 앞에서 수많은 군중을 배경 삼아 <Trooper of the Life Guards>가 칼을 뽑아들고 시위하는 장면이 영국 언론에 보도되었다.

다시 말하지만, 칼은 전쟁에서 사용되는 날(blade)이 있는 무기 가운데 유일하지만은 않다. 보다 근대적인 다른 무기들도 많다. 우선 총검이 있고, 전투를 위한 각종 칼들이 있다. 예컨대, 항공기 승무원을 위하여 특수 제작된 칼이 있는가 하면, 생존을 위하여 만들어진 여러 종류의 칼이 있다. 모두 필요에 의하여 만들어진 것이다. 총검과 같은 칼들은 더 이상 쓸모가 없다는 주장도 있다. 1982년 영국과 아르헨티나가 싸운 포클랜드 전쟁(Falkland Islands War)은 그것을 대변하고 있다고 주장하는 사람도 있다. 그러나 '폭탄(bomb)'이 있다고 해도 기본적인 칼날은 존재할 것이다. 사실 칼은 인류의 오래된 도구의 하나이고, 그 형태가 다양한 것은 물론이다.

칼(swords)과 단검(daggers)

여기서 고찰하는 기간인 1900년에서 1983년 사이에 영국 군대에서 칼은 의식(儀式)에 주로 쓰이는 무기였다. 특히 전쟁이 없던 기간에는 칼날이 날카롭지 않았다. 그러나 제1·2차 세계대전이 발발한 1914년과 1939년의 경우에 영국군의 장교들은 당번병을 연대의 병기계(兵器係)에 보내 칼을 갈게 했다.

Dirk 혹은 dagger로 불리는 단검은 전통적으로 스코틀랜드의 고지대 사람(켈트족)이 찼고, 또 영국 해군 장교와 소위후보생(midshipmen)의 무기이기도 했다. 1930년대의 나치 독일에서도 군인뿐 아니라 각종 정치 단체가 다양한 유니폼에 맞춰 여러 형태의 단검을 만들었다. 특히 제3제국의 단검은 요즘도 수집가들의 인기 품목이다. 그래 가짜가 나돈다. 특히 스페인산의 가짜가 많다.

또 1920년대부터 제2차 세계대전이 끝날 무렵까지 제조된 파시스트 이탈리아의 단검들도 인기라고 한다.

나이프(knives)와 총검(bayonets)

전투용 칼은 대체로 제1차 세계대전의 산물이다. 당시 서부전선의 참호전에서는 소리 없이 적을 살상하는 무기가 필요했다. 처음엔 사냥용 칼, 내리쳐서 예컨대 목을 자를 수 있는 총검, 가정에서 갈아 만든 짧은 칼들이 쓰였다. 그러다가 전쟁이 끝날 무렵, 미국과 프랑스에서는 정부가 칼의 패턴을 지정했다. 가장 유명한 것이 US 1917과 US 1918 Pattern의 칼이다. 이것들에는 손가락 관절에 끼게 되어 있는 금속 손잡이가 있다.

제2차 세계대전 동안 연합군 측의 특별공격대(Commandos)와 기타 특수부대들이 생기면서, 칼로 싸우는 전투 기술이 보다 과학적으로 발전하였고, 특수 도검들이 개발되었다. 가장 유명한 것은 영국의 페어베언-사이크스(Fairbairn-Sykes·F-S 혹은 'Commando

Knife')로 알려진 전투용 칼이다. 1941년부터 생산되었다. 제조사는 Wilkinson Sword Company였다. 같은 시기에 독일도 독특한 그래비티 나이프(gravity knife·손잡이에 칼날이 들어 있고, 중력에 의하여 칼날이 열리는 칼)를 생산하였다. 이 칼은 특히 낙하산부대원들이 애용했다고 한다.

그 전 이야기를 좀 더 하자. 제1차 세계대전 당시 총검은 두 가지 기능을 가졌다. 첫째 기능은 총을 미늘창(pikes·창끝이 나뭇가지처럼 두 세 가닥으로 갈라져 있는 창)으로 사용하는 것이다. 둘째 기능은 배급품 상자를 뜯는다든지 혹은 땔나무를 자른다든지 하는 따위의 것이었다. 말하자면, 막칼이다. 그리하여 독일, 오스트리아, 그 동맹국의 군대에서는 그런 칼들의 날이 점점 짧아졌다. 그러나 영국, 미국, 프랑스에서는 총검 본래 기능 위주의 찌르는 무기였다. 특히 프랑스의 르벨 총검(Lebel Bayonet)은 매우 효과적이었다고 한다.

총검의 디자인은 제1차 세계대전 후부터 새로워졌다. 그 결과 영국에서는 찌르는 것 위주의 끝이 못같이 뾰족한 총검이 개발되었고, 프랑스에서는 <French MAS '36>란 찌르는 꽂을대(ramrod)가 나왔으며, 미국은 보다 짧은 총검을 썼다. 그러다가 근자에 와서 총검의 디자인은 17세기의 디자인으로 돌아간 느낌이다. 칼이 총구에 고착되었다. 그리하여 오늘날의 총검은 총 쏘는 무기이나, 손에 쥐고 적과 싸우는 칼이란 두 가지 목적을 가진다. 게다가 여러 가지 변형(變形)이 나와 문자 그대로 다양하다.

수집(蒐集)하기

칼이나 총검의 수집에는 고려해야 할 사항이 많다. 첫째, 가장 분명한 것은 가격이다. 그 값에 사서 보관할 가치가 있느냐가 중요하다. 둘째, 전시와 보관이다. 장소도 중요하고 보안도 중요하다. 보험을 고려해야 한다. 셋째, 전문(專門) 영역과 그 범위다. 무기의 타입, 제작된 시기와 나라 등이 고려되어야 한다. 무작정 마구 많이만 수집한다고 좋은 것은 아닐 것이다.

막간의 에피소드

여기까지 썼었다. 지난해 4월 제22대 국회의원 선거 즈음의 일이다. 그날 아침 일찍이 투표를 하고 왔다. 우리 집에서 가까운 방일초등학교에 투표소가 있다. 생전에 이 런저런 투표를 하러 이곳에 몇 번을 더 올지 하는 생각이 머리를 스쳤다. 그리고는 아홉 시쯤 해서 다른 일 없으면 늘 가는 메리어트 호텔 피트니스센터엘 갔다. 그 시간에 나오는 몇몇 인사들과 담소를 하기도 한다. 마침 진념(陳稔) 전 부총리를 만났다. 어디에 찍었느냐고 물었다. 대답은 않고, 그저 웃기만 한다. 그래 내가 말했다.

"나는 투표용지에 찍었는데⋯⋯."

이어 말했다.

"결과가 어떻게 되든지 희망을 가집시다."

그러자 문득 어려서 부르던 노래가 생각이 났다.

해는 이미 서산에 빛을 숨기고

어둔 빛을 사방에 들이밀어 오도다

만경창파에 성난 파도 온 누리를 침노해
둥실 떠가는 작은 배 나갈 길 모른다
어서 저라 배를 저라 희망봉이 오도다
자유 안락을 부르는 노래 소리 드높다.

작사자도 모르고, 작곡가도 기억에 없다. 그냥 생각이
난 것이다. 그러자 바로 다른 노래가 떠올랐다.

노를 저어가자 험한 바다 물결 건너 저편 언덕에
산천경개 좋고 바람 시원한 곳 희망의 나라로
돛을 달아라 부는 바람 따라 물결 넘어 앞에 나가자
자유 평등 평화 행복 가득찬 곳 희망의 나라로…….

이 노래도 누가 만들었는지 기억에 없다. 진녬 씨도 그
런 노래를 들어보지 못했다고 한다. 그래도 희망을 갖자.
나의 희망이다. 다시 본론으로 돌아간다.

나이프와 총검 수집하기: 계속

칼은 보통 고물상, 무기 파는 가게, 그런 것들을 특별히 취급하는 상인에게서 구매할 수 있고, 또 경매에서도 구입이 가능하다. 그러나 아주 귀하고 값비싼 물건인 경우에는 특히 주의를 요한다. 물건을 보증하는 이름난 가게나 경매에서 사야 한다. 보통의 총검은 비교적 싼값에 살 수 있다. 흔치 않은 단검이나 칼, 특히 유명한 군인이 소유했던 것은 물론 예외다. 가격표 등이 도움이 되기도 하나, 물건의 상태가 더 중요할 것이다.

보관하기와 전시

날이 있는 무기를 구입했을 경우에 구매자는 제일 먼저 그것을 깨끗이 닦아서 보기 좋게 만들어야 한다. 날의 상태가 아주 나쁘지 않으면 연마제(研磨劑)는 되도록 쓰지 않는 것이 좋다. 표면의 녹은 경유(輕油)로 닦거나 구리 동전으로 긁으면 된다. 구리는 다른 금속보다 부드러워 칼을 상하게 하지 않는다. 녹이 아니라도 표면이 검푸른 경우에도 같은 방법으로 닦는다. 또 녹이 작은 점으로 난 경우에는 흰 석회 가루를 섀미 가죽(chamois·양, 사슴, 염소의 무두질한 가죽)에 묻혀 닦는다. 반점이 심하면 위에서 말한 경유나 벵갈라(산화제이철로 된 붉은색 물감)를 헝겊에 묻혀 닦는다. 녹이 일단 제거되면 흰 석회 가루로 다시 닦는다.

손잡이 관리하기

나무로 된 손잡이는 기름으로 닦으면 좋다. 아마인(亞麻仁·아마의 씨) 기름도 좋고, 좋은 밀랍(wax)을 써도 된다. 손잡이가 아주 더러우면 알코올로 닦는다. 1~2주의 간격을 두고 닦는다. 피시스킨(fishskin) 손잡이는 '빔'(vim)과 같은 마른 가루를 칫솔에 묻혀 닦는 것이 좋다. 물론 물과 세척제를 써야 한다. 그러나 물로 닦는 것은 나무 손잡이를 썩게 하기도 하여 되도록 피하는 게 좋다. 해군 칼의 손잡이는 대개 흰 선 레이(Sun Ray) 피시스킨으로 되어 있고, 보통 가루 분말을 쓰면 흰색이 복원된다. 또 가죽이나 상어 껍질로 된 다른 칼의 손잡이가 검게 변색되었을 경우에는 'shoemaker's ink'나 일반 구두약을 써도 된다. 이 경우에도 좀 부족한 것이 지나친 것보다 낫다.

니켈(nickel)이나 크롬(chromium)으로 도금된 날밑(guard·칼날과 칼자루 사이에 끼워서 손을 보호하는 테)은 자동차 크롬 광택제면 충분하다. 또 금도금한 구리날밑에 녹이 슬면 연한 암모니아 액체로 그 녹청(綠青)을 제거할 수 있다. 암모니아가 남지 않도록 잘 닦고 말려야 한다. 금도금이 되지 않은 놋쇠 칼자루는 좋은 놋쇠 연마제를 쓴다.

가죽으로 된 손잡이나 혁대의 칼 꽂는 고리의 빛깔이 퇴색하면 가죽 닦는 비누(saddle soap)나 가죽 크림 혹은 구두약을 써도 된다. 그것들이 마르면 하이드 푸드(hide food·가죽 닦는 약)를 잘 발라서 처음에 가깝게 되도록 손질한다. 너무 문질러도 좋지 않다. 과유불급(過猶不及)은 여기에도 해당한다. 칼이나 총검의 가죽집에는 부식한 부분이 있을 수 있다. 실에 밀랍을 발라 바늘로 꿰맨다.

또 녹이나 손자국으로부터 칼날을 보호하려면 총 닦는 경유를 쓴다. 칼을 보관할 적에는 온도와 습도를 고려해야 한다. 온도가 자주 바뀌는 고미다락(attics)은 피하는 게 좋다. 한번 닦았다고 해도 자주 점검하는 것이 좋고, 필요하면 기름칠을 더 한다.

칼 수집의 백미는 아마 전시일 것이다. 어떤 방식으로 전시할 것이냐는 수집가의 취향에 좌우될 것이다. 어떤 경우이든 안전이 우선이다.

기록과 연구

수집이 늘면, 수집가는 품목은 물론이지만 여러 가지 자료를 기록하는 것이 좋다. 구매 일자·만든 나라·칼의 타입·길이 등이 중요하다. 사진을 찍어두는 것도 바람직하다. 이러한 자료는 보험 가입에도 필요하다. 또 수집의 기쁨은 품목의 오리진(origins)과 역사를 공부하는 데 있을 수 있고, 다른 수집가와의 교류나 박물관 방문 등도 의미가 있을 것이다. 비슷한 품목의 경매에 가도 재미를 느

낄 것이다.

복제품과 위조품

특히 제2차 세계대전 때 나온 무기의 수집 열풍이 불면서, 복제품과 위조품이 시장에 많이 나오기도 했다. 진품은 귀하지만, 나치(Nazi)의 독일 단검은 복제가 많다. 초심자들이 속기 쉽다. 복제품 가운데 어떤 것은 칼의 일부가 진품에서 나온 것일 수도 있다. 드문 경우지만, 총검이나 대검(帶劍) 가운데도 모조품이 있다. 예컨대, 영국의 「No. 4 Mk I」란 총검은 「No. 4 Mk II」의 변형이다. 또 많이 유통되는 「F-S 전투용 칼」은 「Mk I」의 모양을 베낀 것이다. 그러나 그 자질(資質)은 본래의 「윌킨슨 칼(Wilkinson Sword)」만 못하다고 한다. 다음은 영국군과 독일군의 여러 가지 칼에 대한 설명이다. 미국과 일본 등의 칼도 있다.

영국군과 독일군의 칼

1. 영국 기병부대의 sword인 「1908 Pattern」. 1906년에 소집된 육군성위원회(War Office Committee)에서 토의와 실험을 토대로, 국왕 에드워드 7세가 1908년 7월 2일에 영국 기병대에게 이 칼의 사용을 승인했다. '베기'보다는 '찌르기'가 특징이다. 소총이 개인 무기의 대세이던 제1차 세계대전 당시 이 칼이 많이 사용된 것은 다소 이상하다는 설명이 있다.

2. 영국 경보병 장교(Light Infantry Officer)의 칼. 약간 휘었고, 그러니까 한쪽에만 날이 있다. 길이는 829mm이고, 잎 무늬의 식각(蝕刻·약물을 사용하여 조각한 그림)이 있다. 이 칼은 스코틀랜드 연대(Scotland Regiments)의 장교들이 전통적으로 착용했었다.

3. 국왕 조지 5세(1910~1936)의 부호(符號)가 새겨진 영국군 수의(獸醫) 상병의 칼.

4. 영국 기병대의 칼. 1885년형(型). 이 타입의 칼은 보어전쟁(Boer War·1899~1902년) 때도 사용되었으며, 그 후 「1908년 패턴」으로 바뀌었다. 'Mole'이란 별명이 붙었는데, 그 칼을 만들기 시작한 Robert Mole의 이름에서 시작된 것이다.

5. 영국 중기갑부대 장교의 칼(Heavy Cavalry Officer's Sword). 1887년형. 칼날이 약간 휘었고, 길이는 921mm.

6. 국왕 조지 5세의 부호가 새겨진 해군 장교의 칼. 길이는 800mm.

7. 국왕 조지 5세의 부호가 새겨진 바스켓 모양의 자루가 달린 스코틀랜드 장교의 칼. 길이는 825mm. 작은 반원형의 망치가 손잡이 아래 달려 있다.

8. 영국 보병 장교의 칼(Infantry Officer's Sword). 1982년형. 길이는 825mm. 역시 조지 5세의 문양(紋樣)이 있으며, Wilkinson Sword Company의 상표가 붙어 있다.

9. 국왕 조지 5세의 부호가 있는 영국 Army Service

Corps Officer's Sword. 길이는 889mm.

10. 제국 독일의 선물용 칼. 풀질이 우량하고, 품귀하다. 길이는 819mm.

11. 제국 독일의 포병 장교의 칼. 비교적 품귀하다. 길이는 806mm.

12. 독일 제3제국 해군 장교의 칼. WKC란 제작사의 마크가 있다. 길이는838mm.

13. 독일 제3제국 공군의 선물용 칼. 1934년에 등장한 이 칼은 몇 안 되고, 일직선의 양날칼. 길이는 711mm.

14. 독일 제3제국 Schutzstaffel (SS) Degen [친위대검(親衛隊劍)]. 날은 한쪽에 있고, 길이는 841mm, 손잡이를 포함하면 978mm. [친위대는 나치 독일에 있었던 준군사조직으로 국가사회주의 독일노동자당의 당군(黨軍)이었음.]

15. 독일 제3제국 경찰 간부의 검. 길이는 749mm. 경찰 배지가 달림.

16. 독일 제3제국 육군 장교의 칼. 제조자 Paul

Weyersberg의 이름이 적힘. 길이는 794mm. 손잡이를 포함하면 924mm.

17. 독일 제3제국 Bergbau[광산(鑛産)서비스] 검. 길이는 832mm.

18. 독일 제3제국 육군 장교의 검. 길이는 781mm. "In Treue Fest"(Steady in Loyalty·忠誠一貫)라 새겨짐.

19. 사자 머리 모양의 독일 제3제국 육군 검. 비교적 품귀하고, 무늬 없이 한쪽 칼날만 있는 것의 길이는 797mm.

20. 제2차 세계대전 당시의 일본 군도(軍刀). 날은 한쪽에 있고, 길이는 635~750mm.

21. 독일 제3제국 시대의 사냥협회의 칼. 한쪽 날이고, 길이는 406mm.

22. 독일 제3제국 정부 관리의 단검. 주로 나치의 외교관들이 사용함. 양날칼. 길이는 260mm. 나치의 독수리 문양이 있음.

23. 독일 제3제국 공군 단검으로 제1차 패턴.

24. 독일 제3제국 공군 스포츠협회(Luftsport-Verband)의 단검. 길이는 168mm.

25. 독일 제3제국 공군 장교의 단검. 1937년형. 양날이며 길이는 257mm.

26. 독일 제3제국 고등산림관(Senior Forester)의 대검. 날은 한쪽에 있고, 길이는 330mm.

27. 독일 제3제국 철도보호경찰(Bahnschutzpolizei)의 단검. 1937년형. 양날이며, 길이는 260mm.

28. 독일 제3제국 육군 단검.

29. 위와 같은 독일 제3제국 육군 검이나, 손잡이만 철도보호경찰의 단검과 같음.

30. 독일 제3제국 친위대 장교의 단검. 1936년형. 양날의 칼에 "Meine Ehre heißt Treue"(My Honour is Loyalty·나의 명예는 충성이다.)라고 적혀 있음. 길이는 346mm. 매우 귀하고, 비싸다.

31. 독일 제3제국 세관관리(稅關官吏·Customs Service Officials)의 단검. 두 종류다. 하나는 육상(陸上) 세관원의 것이고, 다른 하나는 해상

(海上) 세관원의 것. 손잡이만 다르다. 길이는 265mm와 375mm 두 종류.

32. 독일 제3제국 남자 적십자(Rotes Kreuz·Red Cross) 대원의 단검. 길이는 267mm.

33. 독일 제3제국 정장총검(正裝銃劍·Dress Bayonet). 제대(除隊)하는 군인을 위하여 제조됨. "Zur Erinnerung an meine Dienstzeit"(In Memory of My Service Time)라고 적혀 있음. 길이는 251mm.

34. 독일 제3제국 돌격대원(突擊隊員·SA, Sturm-abteilungen, Stormtroopers)의 단검. 1933년형. 모조품이 많다. 길이는 219mm.

35. 다마스쿠스(Damascus) 강철 날의 SA 단검. 길이는 나와 있지 않음.

36. 독일 제3제국 히틀러청년단(Hitlerjugend·Hitler Youth)의 한쪽 날 단검. "Blut und Ehre"(Blood and Honour)란 모토가 새겨짐. 길이는 140mm.

37. 독일 제3제국 적십자 장교의 단검. 위의 32번에서

언급된 단검과 다른 점은 양날이고, 길이가 좀 짧아 251mm이다.

38. 독일 제3제국 국가노동청(Reichsarbeitsdienst· National Labour Service) 관리의 단검. 한쪽 날이며, 길이는 260mm. "Arbeit adelt"(Labour ennobles)라 새겨짐. "노동이 사람의 품위를 높인다."는 뜻.

39. 독일 제3제국 국가노동청 직원의 단검. 길이는 251mm.

40. 독일 제3제국 경찰의 대검. 495mm.

41. 영국 총검(Bayonet), 1907 Pattern. 제1차 세계대전 당시의 표준형으로 제2차 대전까지 사용됨. 길이는 432mm.

42. 영국 총검, 1903 Pattern. 4년 후 1907 Pattern에게 자리를 내주었으며, 매우 귀하다. 양날이며, 길이는 305mm.

43. 영국 No. 5 Jungle Carbine을 위한 Mark II Bayonet. 1944년에 처음 등장. 한쪽 날이며, 길이

는 203mm.

44. 미국 P17 총검. 한쪽 날이며, 길이는 432mm.

45. US Machete, World War II. Pattern No. 1250. 길이는 368mm. Machete는 '날이 넓은 벌채용 칼.'

46. US M1 총검. M1 총에 착검을 위하여 1943년에 도입. 날의 길이는 254mm.

47. 독일 모델 1884/98 총검. 제1차 세계대전 당시 사용됨. Alexander Coppel이란 제조자의 스탬프가 찍혀 있고, 한쪽 날의 칼. 길이는 254mm.

48. 제1차 세계대전 때 사용된 독일의 Nahkampf-messer(Trench Dagger·참호용 단검). 한쪽 날의 칼. 길이는 140mm.

49. Bundeswehr. 직역하면, 연방 방어(聯邦防禦). 1945년 이후 서독 군이 사용하는 다용도 손칼.

50. 제1차 세계대전 당시 독일의 비상총검(Emergency Bayonet). 한쪽 날이며, 길이는 311mm.

51. 독일 제3제국의 정장용(正裝用) 총검. 길이는

197mm.

52. 제2차 세계대전 이후 서독의 다용도 손칼. 길이는 102mm.

53. 독일 제3제국의 다용도 손칼. 1937년형. 길이는 105mm.

54. 영국 Machete, 제2차 세계대전 중인 1943년에 출시. 길이는 375mm. 손잡이 보호대가 특히 강함.

55. 영국의 Jack-Knife. 손칼이다. 제1차 세계대전 타입. 길이는 95mm.

56. 영국의 Jack-Knife. 제2차 세계대전 후인 1949년 것. WD 마크가 보임. 길이는 70mm.

57. 영국의 Jack-Knife. 1943년 Sheffield산. 길이는 63mm. 병따개가 없음.

58. 영국의 싸움 칼(Fighting Knife). 찌르는 단검. 제1차 세계대전 당시 사용. Bobbins of Dudley 제작. 양날의 칼이며 길이는 124mm.

59. 영국의 No. 7 총검(Bayonet). 제2차 세계대전

당시 No. 4 Rifle에 부착하여 사용됨. 길이는 203mm.

60. 영국의 Fairbairn-Sykes(F-S) 전투용 칼. 제2차형. 제조사는 Wilkinson Sword. 길이는 292mm.

61. 영국의 Military Issue Gurkha Kukri Knife. 제2차 세계대전 당시 쓰임. 길이는 330mm. 비교적 귀함.

62. 미국 LC/14B("Woodman's Pal") Combination Fighting Knife and Machete. 제2차 세계대전 당시 쓰임. 제조사는 Victor Tool Co. 길이는 305mm.

63. 미국 M5-I 총검. 1950년대부터 M1 Garand Rifle에 쓰인 형. 한쪽 날이며, 길이는 168mm.

64. 미국 해군 항공단의 Survival Knife. 1945년부터 쓰임. 한쪽 날이며, 접은 것을 편 길이는 254mm. 겉은 검은 플라스틱.

65. 영국 No. 4 Mark I Spike 총검. 1939년부터 사용.

십자형의 칼날 길이는 203mm.

66. 영국 No. 4 Mark III 총검. 1943년 등장. 바로 위의 Mark I의 변형이나, 거의 같음. 길이도 같을 것으로 추정됨.

67. 영국 Mark II Sten Gun Socket 총검. 날의 길이는 203mm.

68. 독일 Mauser 총검. 1989년형. 비교적 드문 이 칼의 길이는 521mm.

69. 독일 제3제국 Feuerwehren(Fire Department)의 소년 속료(屬僚·subordinate, 부하)의 정장 때의 대검. 길이는 248mm.

70. 독일 제3제국 Fire Department의 선임 장교의 정장 대검. 길이는 200mm.

71. 독일 선발공병(先發工兵·Pioneer Engineer)의 총검. Model 98/05. 19세기에는 많이 사용되었으나, 1903년에 폐기됨. 길이는 368mm.

72. 독일 Mauser 총검. Model 98/05. 제1차 세계대전 당시의 표준형. 길이는 바로 위의 선발공병 총

검과 같음.

73. 독일 Mauser 총검. Model 84/98. 제1·2차 세계
대전 독일군의 표준 총검, 푸른색을 띤 한쪽 날의
칼. 길이는 254mm.

74. 이탈리아 Carcano 총검. Model 1891. 길이는
413mm.

75. 독일 Nahkampfmesser(Trench Dagger·참호용
단검). 제1차 세계대전 당시 사용. 길이는 159mm.

76. 독일 Short Saw-Back 총검. Model 1898. Saw-
Back은 칼등이 톱같이 생겼음을 의미한다. 길이는
나와 있지 않으나, 400mm 이하로 생각된다.

77. 이탈리아 파시스트 Milizia Voluntaria Sicurezza
Nationale(MVSN·Voluntary Militia for
National Security, 국가안보 의용민병)의 단
검. Second Pattern. 반쯤은 양날이며, 길이는
203mm.

78. 독일 Mauser 총검. Model 84/98. 제3제국 타입.
위의 73 총검과 매우 유사하다.

79. 핀란드 총검, 모델 1926. 1927 Pattern이라 불리기도 함. 길이는 302mm.

80. 캐나다 Ross 1910 Pattern 총검. Mark II Bayonet으로 불리기도 하며, 제1차 세계대전 당시 Ross Mark II Rifle과 같이 사용됨. 한쪽 날이며, 길이는 257mm. 제조사는 Rose Rifle Co./ Quebec.

81. 독일 Nahkampfmesser(Fighting Knife). 전투용 칼. 양날이며, 길이는 152mm. 제1·2차 세계대전 사이에 사용됨. Nahkampf는 근접전(近接戰)을 말한다.

왔다 갔다 이야기

비슷한 칼 이야기를 되풀이하다 보니 지루하다. 잡담을 하나 하려 한다.

오늘(2024년 8월 23일) 아침에 운동을 하려고 짐(gymnasium)에 갔다. 아는 사람을 만났다. 어떻게 지냈느냐고 물었다. "왔다 갔다 했다"는 대답이었다. 그래 내가 어려서 들은 이야기가 생각났다.

1945년 8월 15일 일제(日帝)의 질곡(桎梏)에서 우리나라가 해방이 되자, 한반도는 남북으로 분단되었다. 남한은 1948년 8월 15일에 건국이 되기까지 미군의 통치를 받았다. 미군은 지금 광화문 뒤에 있던 일본총독부 건물을 사용했다. 일제강점 시기에 조선총독부(朝鮮總督府) 청사(廳舍)로 불리던 이 건물은 1916년에 기공하여 1926년에 완공했다고 한다. 10년 걸린 공사였다.

미군정 시기의 이야기다. 당시는 이 건물을 군정청(軍政廳)이라고 불렀다. 군정의 사령부가 그곳에 있었기 때문이다. 요즘의 정부종합청사다. 정부 각 부처에 일이 있는 사람들이 드나들었다. 그때나 지금이나 공무원들의 도움이 없이는 일이 잘 안 되었던 모양이다. 그래서 "왔다 갔다 군정청"이란 말이 생겼다. 그리고 이 말에 이어 "오늘 내일 서울시, 먹구(먹고) 보자 세무서"가 뒤따랐다. 다시 반복하여 쓰면 아래와 같다.

왔다 갔다 군정청

오늘 내일 서울시

먹구 보자 세무서.

서울시의 행정이 하루가 멀다고 바뀌고, 세무서는 뇌물(賂物)의 온상이란 뜻이다. 하기야 조선시대에도 나라 정책이 자주 바뀌어, 조선공사삼일(朝鮮公事三日)이란 말이 있었다. 고려시대도 그랬는지 고려공사삼일(高麗公事三日)이란 말도 있다. 백성들만 딱한 한반도이다. 칼 이야기로 다시 돌아간다.

82. 영국의 Fairbairn-Sykes Fighting Knife. 일명 Commando Knife. Third Pattern. 제2차 세계대전 후 양산(量産)됨. 양날의 칼로 길이는 178mm. 거의 똑같은 칼을 미국의 OSS(Office of Strategic Services·전략사무국)의 대원을 위하여 Case Cutlery Company가 만들기도 했음.

83. 스페인의 Mauser Bolo 총검. 20세기 초에 쓰임.

손잡이 바로 위에 'EN TOLEDO'란 제조사의 마
크가 있음. 길이는 381mm.

84. 스웨덴의 Mauser 총검. 1898년형. 길이는
330mm.

85. 독일의 Trench 단검. 제1차 세계대전 당시 사용됨.
비교적 흔함. 길이는 146mm.

86. 독일의 제1차 세계대전 당시의 Trench 단검. 보편
적인 타입. 길이는 149mm.

87. 독일의 전투용 Knife. 그냥 '세계대전'이라고만 적
혀 있음. 양질의 칼로 비교적 흔함. 칼날의 길이는
152mm.

88. 제1차 세계대전 당시 독일의 Trench 단검. 칼날의
길이는 152mm.

89. 제2차 세계대전 당시 체코슬로바키아의 Mauser
총검. Model 33/40. 체코 모델 33 Carbine에 부
착하여 사용. 비교적 흔함. 길이는 298mm.

90. 스위스의 Schmidt-Rubin Model 1931. 길
이는 305mm. 손잡이 앞 부분에 제조사인

'WAFFENFABRIK/NEUHAUSEN' 마크가 새겨져 있음.

91. Japanese 30th Year Type(1897 Pattern) Bayonet. 제조사는 Juken(樹研)공업. 양차 세계 대전 당시 모두 사용됨. 길이는 400mm.

92. 프랑스의 Lebel Bayonet Model 1886/93/16. 1886 Lebel Rifle에 부착하여 사용. 길이는 521mm.

93. 브라질의 Mauser Bayonet Model 1908. 꽤 흔한 무기로서 브라질의 7mm Mauser Rifle에 부착하여 사용됨. 길이는 298mm. 제조사는 독일이며, 'W.K & CIE/SOLINGEN' 마크가 있음.

94. 프랑스 Mousqueton Bayonet Model 1892. 비교적 흔하며, 한쪽 날의 칼이다. 길이는 400mm.

95. 프랑스의 Lebel Bayonet Model 1886/35. 길이는 343mm. 손잡이는 니켈.

96. 프랑스의 Lebel Bayonet Model 1886. 오리지널 타입. 길이는 648mm.

이상으로『*Military Collectibles*』에 있는 칼들과 Gordon Gardiner의 설명을 끝낸다. 칼들 사진의 대부분은 조 린드허스트(Joe Lyndhurst)가 웨스트 서식스(West Sussex)에 있는 Warnham War Museum에서 찍었다고 한다. 1924년에 런던에서 태어난 그는 박물관이나 미술관에 관한 교육을 특별히 받지는 않았으나, 쇼맨십이 많았다고 한다. 그래 제 잘난 맛에 칼의 사진을 찍었을 것이다.

제6장

날이 있는 무기:
Edged Weapons

칼 이야기

위에서 말한 바와 같이 Paul Atterbury가 편집한 『*Antiques: An Encyclopedia of the Decorative Arts*』에 있는 "Edged Weapons"를 추려 번역한다. 나는 "시작이 있는 것은 또한 끝이 있다"(Everything that has a beginning has also an end)는 플라톤(Plato)의 말을 좋아한다. 하나가 끝난 줄 알았는데, 다시 무언가 시작을 해야 하니 딱하다. 그러나 다른 도리가 없다. 다시 시작이다.

사람이 부싯돌(flint)을 연장이나 무기로 쓰기 시작한 것은 수천 년 전부터일 것이다. 또 칼, 도끼, 혹은 창도 많이 만들었다. 활도 만들었다. 활에는 활촉이 필수다. 활촉은 소모품이다. 따라서 많이 만들어졌다. 만드는 값도 비교적 쌌다. 대체로 옛날 것들은 조잡하고, 마무리가 매끄럽지 못했다. 그러다가 신석기시대에 와서는 모양도 훨씬 세련됐고, 촉도 날카로워졌다. 많은 것에 미늘(낚시 끝의 안쪽에 있어 고기가 물면 빠지지 아니하게 된 작은 갈고리)이 달려 있어서 박히면 잘 빠지지 않게 되어 있다. 여러 원시 문화에서는 부싯돌과 같은 활촉을 사용했고, 그것은 금속으로 된 것이 발명(?)되기까지 쓰였다. 북아메리카의 일부 홍인종 인디언과 오스트레일리아의 원주민은 20세기 초까지 부싯돌과 같은 무기를 사용했다.

부싯돌은 부서지기 쉽고, 칼처럼 길게 만들기가 불가능하다. 그래서 부싯돌 칼은 실용적이지 못했다. 그러다가 사람들은 주석과 구리를 녹이는 방법과 청동(靑銅)의 주조 방법을 알게 되었다. 알면 사람들은 더 나아간다. 도끼, 단검, 화살촉, 창, 칼 등이 유럽 전역에서 만들어졌다. 시장에도 나왔다. 그 가운데 검이라 할지 혹은 그냥 칼이라고

불러도 되는 swords가 귀하고 비쌌다. 소아시아의 루리스
탄(Luristan)에서 만들어진 청동 칼이 요즘도 나돈다. 질
도 좋은 것이 많다.

기원 후 1세기경부터 철(鐵·iron)이 청동을 대신하여
무기의 재료가 된다. 그러나 철은 강한 대신 녹이 슬기도
하고, 만들기 나름이겠으나 부식되기도 한다. 그래 약 1세
기부터 15세기까지 만들어진 철검은 귀하고, 비쌀 수밖에
없다. 시장에서 비교적 쉽게 접할 수 있는 것은 12세기에
서 15세기 사이에 제조된 철검이다.

일반적으로 중세의 칼은 길고, 양날이고, 직선형이다.
가죽으로 된 손잡이에는 단순한 십자형의 보호대가 있다.
이러한 칼들은 보통 갑옷이나 쇠미늘 갑옷(mail·작은 쇠
고리를 엮어 만든 갑옷)을 쳐서 자르는 것이 목적이고, 양
손으로 잡게 손잡이가 긴 것도 있다.

16세기에는 공격의 방식이 자르는 것에서 찌르는 것으
로 점차 변했다. 또 갑옷이 점차 단단해졌기 때문에 칼도
이젠 단단한 갑옷을 뚫을 수 있게 변하였다. 그것보다 갑
옷의 약한 부분을 공격하는 방법을 생각하게 되었다. 그

방법인지 어떤지는 모르겠으나, 중세가 지나면서 칼은 점차 길어졌다. 칼끝도 날카로워졌다. 이와 더불어 손 보호대도 발전하였다.

시간이 흐르면서 사람들은 '가느다란 양날의 찌르는 검'을 개발했다. 영어로는 rapier다. 처음에 rapier는 길었다. 어떤 것은 지나치게 길어서 제대로 쓰기가 어려웠다. 또 보호 목적이긴 하나, 손은 바스켓같이 생긴 금속 보호대에 지나치게 갇혀 부자유스러웠다. 검술(sword play) 혹은 펜싱 등이 발전하면서 rapier의 쓸모는 점점 없어졌다. 또 상대방의 칼날이 짧고 찌르는 것을 받아치기 위한 짧은 왼손의 단검이 등장하면서 새로운 형태의 칼이 개발되기도 했다. 왼손의 단검에는 상당히 쓸모 있는 날이 있고, 간단한 코등이(quillon·칼을 휘두르는 사람의 손등을 보호하기 위하여 칼 손잡이 위쪽에 달아놓는 장치)가 있다.

스페인과 이탈리아 사람들은 좁고 납작하나 긴 코등이의 왼손 단검을 개발했다. 왼손 단검은 일본의 미야모토 무사시(宮本武藏)가 왼쪽 허리에 찼다고 하는 짧은 칼과 유사한 것인지도 모른다. 아무튼 그 코등이에는 삼각형으로 된 안전장치가 있다. 17세기 말에서 시작하여 18세기 중엽에 와서는 스페인과 그 영향권에 있는 지역을 제외하고는 왼손 단검은 거의 없어졌다.

Rapier는 17세기 중엽까지 쓰였으나, 디자인은 변해 점점 짧아지고 가벼워졌다. 코등이도 작아졌다. 이것이 작은 칼(small sword)의 초기 형태다. 17세기 말에 이르러 손가락 보호 장치(knuckle bow)가 다시 유행하였고, 보다 흔한 형태의 작은 칼이 많이 나타났다. 쓰기 편하고, 효율이 목표였다.

칼(swords)은 그 자체로 치명적인 무기다. 그러나 한편 그것은 의장용(儀裝用)이기도 하다. 그래 신사들이 칼을 차는 것은 그런 목적일 수도 있다. 따라서 화려한 칼도 많았다. 18세기의 일이지만, 특히 손잡이가 화려했다. 대부분 철사(鐵絲)지만, 은으로 된 것도 금으로 된 것도 있었다. 또 17세기 시작부터 19세기 중엽에 이르기까지, 육해군의 장교들은 날이 있는 칼을 차지 않고는 정장을 했다고 하지 않았다. 총이 주(主)무기인 보병도 rapier를 차고 다녔다.

1642~49년 영국 찰스 1세 시대의 내란(의회파와 왕당파의 싸움) 당시 기병대원들은 보다 단단하고 실질적인 금속 바스켓(basket)을 사용했다. 여기에는 끌로 조각된 간단한 장식의 여러 개의 막대(bar)가 달렸었다. 스코틀랜드 기병대는 아직도 이러한 막대가 달린 바스켓을 쓴다. 그 후 대부분의 보병대원은 hanger라고 불린 짧고 가벼운 단검을 착용했다. Hanger는 좁고 약간 구부러진 한쪽 칼날의 검이다. 보통 손잡이는 놋쇠인데, 녹이 잘 안 나기 때문이다.

18세기 장교들의 칼은 보통 small sword의 변형이다. 양면 고리(rings) 혹은 딱딱한 외피(外皮)의 손가락 관절 보호 테와 작은 코등이가 있는 길고 좁은 직선의 칼이었다. 18세기 말까지 대다수의 장교들은 각자가 선호하는 무기를 착용했다. 그러다가 19세기에 들어서면서 정부는 점차 표준형의 칼을 착용하도록 정책을 바꾸기 시작했다.

군인 칼의 대다수는 단순하나 단단하다. 손잡이도 대개 평범하다. 경우에 따라 칼날에는 장교들이 소속한 연대의 기장(記章·badge)이 표시되기도 한다. 또 처음에 칼집(scabbards)은 거의 모두가 가죽이었다. 18세기 후반부터 점차 금속으로 된 것이 사용되었다.

보병 장교는 칼을 자주 사용하지 않는 무기로 여겼다. 그러나 기병 장교들은 달랐다. 자주 쓰는 것으로 생각했다. 기병대의 칼은 기본적으로 두 종류다. 하나는 굳고 길며 직선으로 된 무거운 날로 되어 있다. 찌르기가 주목적이다. 다른 하나는 약간 휘었고 한쪽에만 날이 있다. 베는 것이 주목적이다. 시대와 나라에 따라 변형은 있다. 물론 유럽에서였다. 그래서 그 변형에 따른 왈가왈부가 있었다. 예컨대 어떤 타입이 장점이 더 많은지? 공격의 방식에 따른 차이(差異)도 논의의 대상이었다. 19세기의 어떤 군대는 물론 착검을 했지만 목적이 다르기도 했다. 포병대원, 엔지니어, 수송부대 군인들은 넓은 날의 무기를 지녔다. 칼등의 끝은 톱니였다. 연장(tool)으로 쓰기 위해서였다. 총검(bayonet)에서도 마찬가지다.

17세기 후반부터 군대는 점점 구식 보병총(muskets)으로 무장하였다. 이 총은 한 번 발사하고는 다시 장전을 해야 했다. 장전은 시간을 요한다. 그 시간에는 적의 공격에 속수무책이다. 따라서 어떤 방법이든지 방어 수단이 필요하다. 그래 고안된 것이 총검이다. 처음에 그것은 단순히 큰 칼이었고, 이름도 칼 제조업으로 유명한 프랑스의 베이욘(Bayonne)이란 작은 도시에서 비롯됐다. 초기의 총검은 짧고 비교적 넓으나 차차 가늘어지는 모양을 띠었고, 나무로 된 손잡이도 단조로웠다. 구식 보병총이 발사되면 기병대에 의한 저돌적인 공격이 있기도 한다. 어려운 상황에 봉착하게 된다.

문제는 저격용 총검이 꽂혀 있을 때 구식 보병총은 장전하기도, 따라서 발사하기도 어렵다는 것이다. 이 문제를 해결하기 위해 여러 방안이 연구되었다. 그중 하나가 17세기 후반에 고안된 소켓 총검(socket bayonet)이다. 여기에는 삼각형으로 갈라진 직선의 칼날(triangular section blade)이 있고, 짧은 실린더(short cylinder)에 이르는 휘어진 목덜미(curved neck)가 부착되어 있다. 여기엔 화승식(火繩式) 방아쇠 장치가 있는 구식 보병총의 총신(銃身)이 미끄러지지 않고, 또 손아귀에서 빠져나가는 것을 방지하는 손잡이(stud)가 달렸다.

구식 보병총은 총검을 부착하고도 별문제 없이 장전과 발사가 가능하다. 19세기 중엽까지 유럽과 미국의 거의 모든 군인들은 이 소켓 총검을 사용했다. 어떤 것은 용수철 클립이 달려서 고정이나 분리가 쉽게 되기도 했다. 19세기에는 보다 단단하고 실제적인 고정 수단이 개발되었다. 이것은 손잡이와 용수철 고리를 이용하는 것이었다. 총검의 등에는 자루가 용수철 고리에 맞게 고안된 길쭉한 구멍이 나 있다. 이것은 거기에 맞게 만들어진 자루를 쉽게 뒤집어엎을 수 있게 한 것이다. 또 십자가 모양의 칼이 총구 앞에 살짝 나가게도 되어 있다. 구식 보병총과 총검에 있는 용수철 있는 고리(spring catch)를 제자리에서 누르면 총검을 떼어낼 수 있다.

매우 다양한 형태의 총검이 생산되었다. 17세기부터 최근까지 생산량은 줄지 않았다. 그래서 최근까지 총검은 값싼 것을 좋아하는 수집가들 손에 많이 들어갔다. 수집가가 늘어나면 가격은 자연 상승한다. 최근 경매에서는 고가(高價)로 낙찰되는 총검도 많다.

반드시 군사 목적이 아니라도 총검과 비슷한 크기의 단검(daggers)이 대량으로 생산되기도 했다. 중세기에 만들어진 단검은 매우 귀하고, 따라서 수집가들이 17세기 이전에 제작된 단검을 구입하는 것은 하늘의 별 따기다. 대부분의 단검은 단순하고, 십자가형의 손잡이가 달려 있는 작은 형태의 칼이다. 칼날은 때로 마디가 십자형이나, 보통은 마디가 약간 타원형이다. 단도(stiletto)의 특별한 형태는 네모 혹은 삼각형의 자르는 날이 있는 것이고, 대체로 가볍다. 포병의 단도로 알려진 어떤 것은 여러 크기의 뻣뻣한 칼날이 특징이다.

16세기 후반에서 17세기 초까지 군인이 아닌 일반 시민들이 사용하던 단검에 ballock dagger란 것이 있다. 여기엔 보통의 소박한 나무 손잡이가 있고, 통상의 quillons(깃펜이 달린 crossguard가 있는 칼) 대신에 두 개의 둥글게 된 귓불[lobe·총에 화승을 대는 신관(信管)]이 있다. 유별나게 남근(男根) 모양으로 생긴 손잡이가 사람들 눈에 잘 뜨였다. 그래도 이 ballock dagger는 17세기 초에 유행하다 사라졌다. 그러나 북영국에서는

ballock dagger에서 유래한 것으로 보이는 스코틀랜드 단검(dirk)이 나타났다.

이 단검의 전통적인 손잡이는 나무이고, 짧다. 가운데 부분이 약간 부풀었으며, ballock dagger와 같은 두 개의 공 모양[球狀]으로 된 손 보호대가 있다. 자루 끝은 둥글다. 이러한 단검은 대개 부러진 칼(broken swords)을 갈아 만들어진다.

원래 단검은 싸울 때 쓰는 무기였다. 그러다가 19세기 초에 스코틀랜드 사람들이 그 무기를 아주 매력적으로 만들어서 옷 장식용으로 쓰기 시작했다. 또 손잡이를 화려한 금속, 보통은 연수정(煙水晶·cairngorm)으로 만들기도 했으며, 칼집도 이에 따라 화려했다. 칼과 칼집이 은(銀)으로 된 것도 있었다.

19세기 초부터 엄청난 평판을 얻은 칼에 미국의 보위 칼(Bowie Knife)이 있다. 제임스 보위 대령(Colonel James Bowie)이 유행시킨 것이다. 보위 대령은 1836년 텍사스주의 유명한 알라모 전투(the Battle of Alamo)에서 전사한 영웅적인 인물이다. 보위 칼은 날이 꽤 크고, 자루부터 약간 넓게 되어 있다. 끝은 아주 휘었다. 십자 모양의 손 보호대는 단순하지만, 손잡이는 비교적 화려하다.

보위 칼은 크기가 다양하다. 50mm의 작은 것에서 sword 크기의 것도 있다. 칼날에는 "Death or Liberty"(자유 아니면 죽음)와 같은 애국적인 글귀가 있는 것도 있다. 이 칼은 미국 무기로 알려졌지만, 대부분은 영국에서 만들어졌다. 가죽 칼집도 마찬가지다. 진품은 귀하고, 비싸다. 모조품도 많다. 진위의 판단이 어렵다고 한다.

근대의 화기(火器·firearms)는 총검을 제외하고는 대부분 칼날 있는 무기로 바뀌었다. 화기가 쓸모없다는 것은 제1차 세계대전 당시 밝혀졌다. 1933년 독일에서 히틀러가 집권하자 좋은 칼을 많이 만들던 소도시 졸링겐(Solingen)의 칼 제조업자들은 보다 많은 칼의 주문을 기대하였다. 모든 관리들이 착용할 수 있는 예식용 단검과 swords를 염두에 두었다. 그리하여 1921년에 창설된 Sturm Abteilung(돌격부대)이란 정치 집단의 정장

(正裝)에는 단검이 필수였다. 16세기의 예술가였던 홀바인(Holbein)이 디자인한 것과 꼭 같은 것이었다. 손잡이는 갈색의 나무였고, 칼집도 같은 갈색의 금속이었다. 넓은 칼날은 끝으로 갈수록 점점 가늘어졌다. 칼날에는 *"Alles für Deutschland"*(All for Germany)라는 말이 새겨져있다.

특히 '친위대'(*Schutzstafell*·SS)에게도 거의 똑같은 단검이 배포되었다. 다른 점은 손잡이가 검은 색의 나무였고, 거기에 쓰인 모토는 *"Meine Ehre heißt Treue"*(My Honour is Loyalty·나의 명예는 충성이다)였다.

정장에 따른 장식용 단검의 소문이 퍼지자 다른 부대들도 그들 나름의 단검을 개발했다. 육군은 물론 해군, 공군, 경찰, 세관, 우편 요원, 히틀러 청년단(Hitler Youth)도 마찬가지였다. 단검뿐 아니라 각종 모양의 정장용 칼이 만들어졌다. 이러한 칼들이 만들어진 것은 오래전의 일이나, 수집가들은 요즘도 구매에 열을 올리고 있다. 장교들을 위하여 만들어진 단검이 단연 인기다. 따라서 모조품이 많다. 진위의 구별도 어렵기는 위에서 말한 보위 칼이나 마찬가지이다.

제3제국의 단검과 칼이 상당히 장식용이었다면, 제 1·2차 세계대전 와중에 제조된 것은 매우 실전용이었다. 전투용 칼은 참호용이 많고, 조잡했다.

그런데 칼이나 단검은 유럽에 국한되지 않았다. 아프리카, 인도, 극동에서도 많이 제조되었다. 크기가 다르고 모양이 다양한 것은 말할 필요가 없다. 다만 그들 대부분은 베기보다는 찌르는 것이 주목적이었다. 한 예로 카스카라(Kaskara)는 수단(Sudan)의 전통 검이다. 직선의 양날칼로 아주 단순하다. 십자군의 칼도 여러 종류였겠으나, 십자군 당시의 기독교 무사들이 쓰던 칼과 유사하다고 한다.

아프리카에서는 던지거나 찌르는 무기인 창의 문화가 발달했다. 크기와 모양의 차이는 크다. 가장 잘 알려진 것으로는 남아프리카 줄루족(Zulus)의 가느다란 투창(assegai)이 있다. 또 소말리아(Somalia)의 창도 유명하다. 이것에는 아주 넓은 칼날이 달려 있다. 던지기보다는 찌르는 무기다.

Swords가 보편적이었으나, 창 문화는 인도에서도 볼 수 있다. 인도의 칼 가운데 가장 흔한 형태는 탈워(talwar)다. 칼날은 약간 휘었고, 두 개의 땅딸막한 코등이와 납작한 자루끝이 달렸다. 특수 무기로서 긴 장갑이 달린 칼은 금속 커버로 손을 완전히 보호한다. 사람들이 인도의 무기에 관심을 가진 것은 비교적 최근이다. 수집가와 판매자들의 농간이 심한 게 아닌지?

여러 나라에서 은(銀)으로도 칼을 만들었다. 대표적인 것이 은장도(銀粧刀)이다. 비쌀 것이다.

제7장

일본 칼

일본 칼은 가장 훌륭한 동양의 무기 가운데 하나다. 사무라이(侍)라는 봉건시대의 무사(武士) 계급과 뗄 수 없는 연관이 있다. 초기의 일본 칼은 중국 칼의 모양을 따라 날이 직선이었다. 말 탄 사수(射手)의 무기였다고 한다. 9세기경에 호키노쿠니 야쓰스나(伯耆國安綱)라는 장인(匠人)이 신(神)의 영감(靈感)을 얻어 약간 휜, 한쪽 날의 칼을 만들었다. 이것이 근세까지 근 1000년 이어진 일본 칼의 효시(嚆矢)라고 한다.

무로마치 막부(室町幕府·1392~1573년) 시절부터 사무라이의 주요 무기는 칼이었다. 사무라이는 여러 전쟁을 겪으면서 등장한 독특한 계급이다. 특히 오닌(應仁)의 난 (1467~77년·쇼군 후계를 두고 일어난 싸움) 당시, 많은 사무라이와 추종자들이 사망했다. 죽은 추종자들은 농민 사수(農民射手)로 대치되었다. 그러자 사무라이들은 활을 버리고, 전적으로 칼에 의존하게 되었다.

16세기 말에 도요토미 히데요시(豊臣秀吉)는 칼 가구 (sword furniture)의 제조를 금속 장인들에게 지시했다. 동시에 사무라이가 아닌 사람들의 칼 소지를 금지했다.

1600년 세키가하라 전투의 승리로 도쿠가와 막부(德川幕府)가 수립되면서 쇼군(將軍) 지배의 시대가 열렸다. 승자 도쿠가와 이에야스(德川家康)는 자신의 계급을 정치적 안정의 기반으로 삼았다. 경직한 사회 제도를 위한 법령을 만들고, 계급 사이의 이동을 금지시켰다. 천황은 이론상 절대적 권위의 화신(化身)이었으나, 실질적인 권력을 갖지 못했다. 권력은 쇼군의 손에 있었다. 그 아래 상인, 기술자, 농민 등의 계급이 존재했다.

1550년경, 프란치스코 하비에르(St. Francisco

Javier)는 일본 사람에 관하여 아래와 같이 말했다.

"그들은 무기(arms)를 아주 높이 존중했고, 무기에 의존했다. 지위에 관계없이 14세가 되면서부터 칼과 단검을 지녔다."

도쿠가와 막부 시대가 열리면서 사무라이 계급에게만 두 개의 칼 착용이 허용됐다. 이 무사 계급에는 강력한 다이묘(大名·dukes)와 그 가신(家臣), 독립 영주와 가난한 무사들이 속한다. 사무라이의 행동과 이상에는 '무사도'(武士道·bushido)가 있다. 이는 선불교(禪佛敎)와 유교(儒敎)의 영향을 받은 정신적 믿음이다. 쇼군이 이를 장려한 것은 물론이다.

쇼군이 지배하던 도쿠가와 시대는 비교적 평화로웠고, 그래 그런지 칼은 짧아졌다. 16세기 말에 쇠를 벼려서 만든 칼은 '고토'(koto·古刀)라 불린다. 이것은 1.8m나 되는 '노다치'(野大刀)란 긴 칼인데, 칼등에 가죽이 달렸다. '다치'(大刀)는 보다 짧고, 칼날은 25~37cm 길이다.

1600년경부터 제조된 칼(swords)은 '신토'(新刀)라고 불린다. 자루는 몰라도 칼날은 많이 남아 있다. 여기엔 '가

타나'(刀)란 것이 있는데, 칼날의 길이는 53~76cm 정도다. 또 '와키자시'(脇差)도 있다. 칼날의 길이는 30~60cm 정도다. 또 '요로이토시'(鎧通し)와 같이 갑옷을 찌르는 단검도 있다.

사무라이는 흔히 두 개의 칼을 찬다. 대도(大刀)와 소도(小刀)다. 대도는 바로 위에서 말한 가타나이고, 소도는 요로이토시와 같은 단검이다. 다른 계급의 사람들도 그들 나름의 칼을 찼다고 한다. 사무라이뿐 아니라 사람들은 다 싸운다. 그러니 왜 무기가 필요하지 않았겠는가?

여자 사무라이도 있었다는데, 그들에게는 칼이 허용되지 않았다. 그들은 미늘창(halberd·창과 도끼가 결합된 무기)을 사용했다. 그렇다고 하니 그런가 하고 번역하고 있지만, 잘 납득이 가지 않는다. 납득이 가지 않는 일을 왜 하고 있는지? 정말 납득이 가지 않는다. 빨리 끝내는 수밖에 다른 도리가 없다.

칼 만드는 유명한 장인(匠人)은 사무라이 계급에 속했다. 그들은 공예가(artisans)라기보다는 예술가(artists)였다. 일본 사람들은 칼에 일종의 종교적 관념을 부여한 것

이 아닌가 한다. 그것을 '사무라이 정신'(soul of samurai)
으로 표현할 수 있을지 모른다. 칼에 대한 일본 사람들의
집착은 그들 고유의 신도(神道·신토)와 불교가 결합된 것
이 아닌지? 칼에 마술적 요소를 부여했다. 또 수목화토금
(水木火土金)의 오행(五行)과 연결시키기도 했다. 장인은
금욕적인 삶을 살기도 했다.

쇠를 벼려서 견고한 칼날의 끝을 만드는 데는 거의 종
교에 가까운 의식이 따른다. 대장장이와 그 조수들은 그
들의 사회적 지위를 상징하는 특수한 예복을 입는다. 대
장간은 잠그고, 신도 의식이 행해진다. 악령(惡靈)이 침입
하지 못하도록 짚을 땋아 매달고, 종이 깃발을 날린다.

칼날의 끝을 단단하게 하기 위하여 젖은 점토(粘土)로
덮는다. 그 위에 약 12mm의 선을 긋는다. 점토를 선과
칼날의 끝 사이로 움직이고, 나머지 부분은 단단해지도
록 내버려 둔다. 그리고는 칼날을 용광로에 넣고, 바른 색
으로 변하는지 관찰한다. 색이 변하면, 칼날을 꺼낸다. 점
토를 긁어내고, 급랭(急冷)시킨다. 칼날을 단단하게 만드
는 비결이다. 칼날은 우윳빛을 띠게 되고, 강철은 정화(晶

化·crystallize)된다.

칼날을 날카롭고 거울처럼 반짝거리게 하기 위하여 여러 주(週)를 두고 갈고 닦는다. 신도 검에는 여러 가지 문양(文樣·무늬)이 들어간다. 슴베(칼자루에 박히는 부분)에는 장인의 이름, 장소, 제작 연도 등이 새겨지기도 한다. 감정(鑑定)의 자료이다. 아무것도 없는 칼도 많다. 후대에 다른 사람이 새겨 넣는 경우도 있다. 그래서 누가 만들었느냐는 아주 까다로운 문제다. 일부 19세기의 장인 가운데는 그들 조상의 이름을 새겨 넣는 경우도 있다고 한다. 또 칼에 부착되는 부품도 여러 가지다. 특히 잡는 것을 돕기 위한 기능적인 장치들이다. 이런 것의 대부분은 도쿠가와 막부 시대에 개발되었다. 유행과 부(富)에 따라 호화롭게 치장된 것도 많고, 그 가운데는 옻칠한 나무 손잡이도 있다.

1800년경부터 많은 장인들은 정성 들여 만든 칼 가구(sword furniture)가 퇴폐적이라고 생각했다. 이러한 사조(思潮)에 공감한 사무라이들은 손 보호대에 그저 사기(士氣)를 고양하는 문구를 새기는 것에 만족했다. 그러다가 19세기에 들어서면서부터 장식적 칼 가구 문화가 되살아났다.

1867년 봉건시대가 종식되면서 천황제(天皇制)가 부활했다. 1876~77년 사쓰마(薩摩) 반란 이후 천황의 칙령은 사무라이를 포함하여 어느 누구도 착검을 금했다. 그러자 많은 장인들은 일자리를 잃게 되었고, 칼 만드는 기술도 자연히 사그라졌다. 그 후 칼은 군용(軍用)을 위하여 만들어졌고, 손 보호대와 칼집 등은 서양식으로 변했다. 그러다가 1937년 중일전쟁(中日戰爭)이 시작되면서 전통적인 칼들이 대량 생산되었으며, 그것은 제2차 세계대전으로 이어졌다.

제8장

SWORDS:
A VISUAL HISTORY

칼 이야기

세상에 존재하는 칼이 무궁무진하니, 칼 이야기도 끝이 없을 것이다. 다른 곳에서도 누차 말했다시피 나는 플라톤(Plato)의 다음 말을 좋아한다. "시작이 있는 것은 반드시 끝도 있다"(Every thing that has a beginning has also an end). 그러니 칼 이야기도 끝날 때가 되지 않았나 싶다. 그러나 아주 끝나기 전에는 끝난 것이 아니다.

마지막 장으로 설검(舌劍)에 관하여 쓰려 하다가 우연히 내 서가에 있는 책이 하나 눈에 띄었다. 『*Swords: A*

Visual History』다.[1] 오래전에 산 것 같다. 뒤표지에 '동
남도서무역(주)(외서)'라고 적힌 쪽지가 붙어 있고, 거기에
'₩28,800'이란 가격이 적혀 있다. 참고로 목차를 적는다.
설검은 다음 장으로 미룬다.

ANCIENT BLADES

(3000 BCE~1000 CE)

Introduction

The first blades

Mesopotamia and Egypt

Bronze- and Iron-Age blades

CELTIC WARRIOR

Bronze- and Iron-Age blades (cont.)

Ancient Greece

HOPLITE

[1] London: Dorling Kinderley Limited, 2010.

Ancient Rome

ROMAN GLADIATOR

Anglo-Saxon and French blades

EARLY ARMOUR

Viking blades

VIKING RAIDER

Spears and arrows

THE MIDDLE AGES

(1000~1500)

Introduction

European Swords

TOURNAMENT COMBAT

European swords (cont.)

MEDIEVAL KNIGHT

European daggers

MEDIEVAL FOOT SOLDIER

European staff weapons

MEDIEVAL FIGHTBOOKS

Aztec blades

Japanese and Chinese blades

SHAOLIN MONK

Japanese and Chinese blades (cont.)

Asian staff weapons

Arrows and bolts

BLADES vs BOW

THE AGE OF SWORDSMANSHIP

(1599~1775)

Introduction

Two-handed swords

European infantry and cavalry swords

DUELLING

European rapiers

European smallswords

European hunting swords

COSSACK WARRIOR

European daggers

LANDSKNECHT

European one-handed staff weapons

European two-handed staff weapons

PIKEMAN

Indian and Sri Lankan swords

Indian staff weapons

CUTTING AND THRUSTING

Japanese samurai weapons

Wakazashi sword

SAMURAI

Asian daggers

Combination weapons

TWILIGHT OF THE SWORD

(1775~1900)

Introduction

European swords

BRITISH CAVALRYMAN

European swords (cont.)

FENCING

Swords of the American Civil War

UNITED STATES CAVALRYMAN

European and American bayonets

BAYONET TACTICS

North American hilt weapons

NORTH AMERICAN WARRIOR

Ottoman Empire swords

OTTOMAN WARRIOR

Ottoman Empire swords (cont.)

Chinese and Tibetan swords

NINJA

Japanese special weapons

KENJUTSU

Indian swords

Indian blades

Indian staff weapons

African blades

ZULU WARRIOR

African blades (cont.)

Daggers of Oceania

MAORI WARRIOR

THE MODERN WORLD

(1900 ONWARDS)

Introduction

German and Italian blades

WW II BRITISH COMMANDO

British, American, and Allied blades

GURKHA

Japanese blades

Modern African blades

Post-war bayonets

그 아래 Glossary, Index, Acknowledgements가 있

다. 모두 360페이지가 되는 사진과 설명이 있는 책이다.

지루하게 적었다.

제9장

설검

칼 이야기

설검은 돌이나 금속으로 된 것이 아니다. 사람의 입안에 있다. 혀를 입안의 칼이라 하여 설검이라는 말이 생겼다. "말 한마디로 천 냥 빚을 갚는다"는 속어도 있다. 그러나 혀를 잘못 놀려 곤경에 빠지는 경우도 많다. 심지어 목숨을 잃는 수도 있다.

『삼국연의』(三國演義)에 나오는 이야기다. 예형(禰衡)이란 인물이 있다. 자(字)는 정평(正平)이고, 평원(平原) 사람이다. 위인이 충직하고 재주가 비상하여, 약관(弱冠·남자 20세)에 그 이름이 사방에 퍼졌다. 조조가 형주(荊州)

의 유표(劉表)를 초안(招安)하려 할 때다. 사절로 누가 가야 하는데, 예형을 추천하는 사람이 있었다. 그래 조조가 예형을 불렀다. 부름을 받자 그는 상부(相府·재상의 관사)로 왔다.

예가 끝났는데, 조조는 그에게 자리를 권하지 않았다. 왜 그랬는지는 알 수 없으나, 짐작건대 조조는 그의 사람됨을 시험하려 했을지 모른다. 그러자 예형은 하늘을 우러러 탄식하며, 한마디 한다.

"천지가 비록 광활(廣闊)하나 사람은 하나도 없구나!"

그러자 조조는 그 수하에 있는 모사(謀士)와 장수 여러 명의 이름을 꼽으며, 인물이 없다는 말을 반박한다. 그러나 예형은 지지 않는다. 모두가 "의가반낭(衣架飯囊)이고 주통육대(酒桶肉袋)"라고 했다. "옷만 걸친 밥주머니며 술통과 고기주머니"란 뜻이다. 그러면서 하후돈(夏侯惇) 하나만이 인물이라고 했다. 하나도 없다고 하면 조조가 서운해 할까 그랬을까? 그렇지는 않았을 것이다.

조조는 예형을 죽이고 싶으나, 참는다. 명망이 있는 선비를 죽였다는 말을 듣고 싶지 않은 것이다. 그러나 그를 욕보이고 싶다. 마침 조정에 큰 파티가 있다. 예형을 고리(鼓吏·북 치는 벼슬아치)로 삼아 북을 치게 한다. 한 관리가 말한다.

"북을 칠 때는 새 옷을 갈아입는 법이오."

그러나 예형은 대답을 하지 않고 헌 옷을 입은 채로 북채를 들어 북을 친다. 음절(音節)이 지극히 묘하다. 좌상의 객들이 비감하여 눈물을 흘리기도 한다. 조조의 좌우에 있던 무리가 소리를 가다듬어 꾸짖는다.

"어이하여 옷을 갈아입지 않는가?"

그러자 예형은 입고 있던 헌 옷을 벗어던지고 알몸으로 서서 다시 북채를 잡는다. 조조가 다시 꾸짖는다.

"묘당지상[廟堂之上·묘당은 종묘와 명당(明堂)을 지칭. 나라의 정치를 하는 곳]에서 이 무슨 무례(無禮)한 짓인고!"

그러자 예형이 대답한다.

"기군망상(欺君罔上·임금을 속임)을 무례라 하오. 나는 부모에게서 받은 청백한 몸을 드러냈을 뿐이오."

조조가 또 꾸짖는다.

"네가 청백하다고 하니 그럼 누구는 오탁(汚濁·더럽고 흐림)하다는 말이냐!"

그러자 예형은 이때다 하고 마주 대고 꾸짖는다.

"네가 현우(賢愚·어짊과 어리석음)을 알아보지 못하니 이는 눈이 탁한 것이요,

시서(詩書·詩經과 書經)를 읽지 않으니 이는 입이 탁한 것이요,

충언(忠言)을 용납하지 않으니 이는 귀가 탁한 것이요,

고금(古今)에 통치 못하였으니 이는 몸이 탁한 것이요,

제후를 용납하지 않으니 이는 배가 탁한 것이요,

매양 찬역[篡逆·왕위를 빼앗으려는 반역(反逆)]할 뜻을 품으니 이는 마음이 탁한 것이요,

나는 곧 천하의 명사인데 네가 명하여 고리(鼓吏)를 삼으니, 이는 곧 양화(陽貨)가 중니[仲尼·공자(孔子)]를 업신여기고, 장창(藏倉)이 맹자(孟子)를 욕하는 것과 다를 것이 무엇이냐? 그래 왕패(王覇)의 업(業)을 이루려 하며 이렇듯 사람을 우습게 안단 말이냐!"

이 말을 듣는 순간 조조의 낯빛이 획 변한다. 그러나

조조는 예형을 죽이지 않는다. 그에게는 전후좌우를 살펴 신중하게 판단하는 장점이 있다. 어차피 형주의 유표를 초 안하려던 참이다. 조조는 안 가겠다는 예형을 억지로 말 에 태워 형주로 보낸다. 형주에 도착한 예형은 유표를 만 나 그의 덕을 칭송한다. 그러나 은근히 비꼬아서 유표를 욕하는 수작인 것이다. 그걸 모르는 유표가 아니다. 참고 참는다. 그리고는 강하(江夏)에 있는 황조(黃祖)란 장수 에게 보낸다. 예형은 재주가 욕으로 바뀌었는지, 강하에 이르러서도 황조를 욕한다.

"너는 이를테면 묘중지신(廟中之臣)이라, 비록 제사는 받아먹는다지만 아무 영험(靈驗)도 없는 것이 민망하구 나!"

참지 못하는 성미의 황조는 그만 칼을 뽑는다. 그 칼 이 어디로 향했는지는 말하지 않아도 독자들은 알 것이 다. 그 후 일이다. 조조는 예형이 황조의 손에 죽었다는 말 을 들었다. 껄껄 웃으며,

"부유(腐儒·썩은 선비)의 **설검**이 도리어 제 몸을 죽이

고 말았구나."[1]

설검은 이와 같이 무서운 것이다. "말 한마디로 천 냥 빚을 갚는다"는 말은 그야말로 '저리 가라'다.

설도(舌刀)란 말도 있다. '날카로운 말'이란 뜻이다. 날카로운 말도 좋지 않은 경우가 많다. '무딘 칼날의 명검(名劍)'이란 말이 있다. 말도 무딘 것이 날카로운 것보다 낫다고 생각한다. 나의 생각이다. 그러나 '무딘 말'도 침묵(沈黙)만 못한 것은 아닌지? 어디서 나온 말인지는 기억에 없으나, "침묵은 금(金)이요, 웅변은 은(銀)"이란 말도 있다.

내가 전에 많이 읽던 책에 『*The Use of Life*』가 있다. 거기에 있는 플루타르크(Plutarch) 영웅전의 이야기다. 데마라투스(Demaratus·500 B.C.경)는 스파르타의 왕이다. 어떤 모임에서 그는 말을 한 마디도 하지 않았다. 옆에서 누가 물었다.

"당신은 할 말이 아무것도 없는 거요, 아니면 바보요?"

---

1) 『三國志』(正音社, 1984), 상, 349~355쪽.

그러자 그는,

"바보는 입을 다물 줄 모른다오!"(A fool cannot hold his tongue.)[2]

이어서 솔로몬(Solomon·이스라엘의 왕·993~953 B.C.)의 말이 있다.

Seest thou a man that is hasty in his words?

There is more hope of a fool than of him.[3]

네가 말이 조급한 사람을 보느냐

그보다 미련한 자에게 오히려 희망이 있느니라.

설검의 이야기가 길어졌다. 말이 아니라 글도 화(禍)를 낳는 경우가 많다. 필화(筆禍)인 것이다. 필설(筆舌)로 못 다 한 이야기이나, 여기서 그치려고 한다. 아니, 근자에 읽은 글에 칼이 나오기에 마지막으로 적는다.

---

2) John Lubbock, *The Use of Life*(Tokyo: Yuhudo, 大正 4년).
3) Proverbs, 29. 20, *KING JAMES BIBLE* (Collins, no date), p. 771.

가슴속의 잗단 불평쯤이야 술로 씻어낼 수 있지만, 세상의 큰 불평은 칼이 아니고는 씻어낼 길이 없다.

(胸中小不平, 可以酒消之; 世間大不平, 非劍不能消也.)

시덥잖은 삶의 찌꺼기는 한잔 술만으로도 흩어버릴 수가 있다. 그러나 술은 마시면 마실수록 더 끓어오는 분노가 있을 때 나는 벽 위에 걸어둔 칼을 내려 스르렁 뽑아본다. 등불 아래 파랗게 빛나는 서늘한 빛을 말없이 바라본다. 끓어오르던 격정이 비로소 사위어진다.[4]

---

4) 장조·주석수 지음, 정민 옮김, 『내가 사랑하는 삶: 幽夢影·幽夢續影』(태학사, 2001), 123쪽.

ㄱ

가느다란 양날의 찌르는 검(Rapier,
　보병도) 153, 154, 177
가느다란 투창(Assegai) 163
가도멸괵(假途滅虢) 12
가죽 닦는 비누(Saddle Soap) 128
가타나(刀) 168
강태공(姜太公) 강상(姜尙) 여상(呂
　尙) 태공망(太公望) 65, 66
강철(鋼鐵) 20, 28, 136, 170
거란 11
검명(劍銘) 11
검술 153
고구(高俅) 태위(太尉) 24, 34, 35,
　36, 41, 44, 47, 48, 50
고미다락(attics) 129
고아내(高衙內) 34, 35, 36, 37, 39,
　41, 47
고토(古刀, Koto) 168
공자(孔子) 중니(仲尼) 187
관승(關勝) 25
관우(關羽) 17, 20, 21, 22, 23, 79,
구라마 덴구(鞍馬天狗) 15
구식 보병총 156
굴원(屈原) 61, 62, 63, 64, 65, 66
귓볼 159
그래비티 나이프 122

금석(金石) 10
기장(記章, Badge) 156

ㄴ

나가마키 장권(長卷) 28
날밑(Guard) 128
노다치(野大刀) 168
노지심(魯智深) 노달(魯達) 화화상(花
　和尙) 29, 30, 31, 32, 33, 34
농민일규(農民一揆) 91
농민군(農民軍) 91

ㄷ

다치(大刀) 대도 168, 169
다발화기 118
다이묘(大名, Dukes) 168
단검(Daggers, Dirk) 15, 120, 121,
　126, 130, 134, 135, 136, 137,
　138, 139, 142, 146, 151, 153,
　154, 159, 160, 161, 162, 163,
　168, 169
단검(Hanger) 155
단도(Stiletto) 159
대검(帶劍) 130, 137, 141
대도, 다치(大刀) 168, 169
데마라투스 189

도요토미 히데요시(豊臣秀吉) 12, 167

도쿠가와 막부(德川幕府) 167, 168

돌격부대(Sturm Abteilung) 136, 161

돌칼 10

동탁(董卓) 서량자사(西涼刺史) 79, 80, 81, 82, 84, 85, 86, 87, 88, 93

두 개의 둥글게 된 귓불 159

ㄹ

루리스탄(Luristan) 153

르벨 총검(Lebel Bayonet) 122

리처드 버튼 117

ㅁ

마릴린 먼로 106

맹자(孟子) 187

목검(木劍) 15, 16, 17

무기의 여왕(Queen of Weapons) 117

무량수경(無量壽經) 85

미늘창 122, 169

미시마 유키오(三島 由紀夫) 72

미야모토 무사시(宮本武藏) 15, 16, 17, 153

민영환(閔泳煥) 72

ㅂ

박도(朴刀) 28

백철도(白鐵刀) 53

법화경(法華經) 85

베이욘(Bayonne) 157

보검(寶劍) 보도(寶刀) 14, 24, 25, 42, 43, 44, 51, 53, 56, 81, 84, 85

보병도(Rapier) 153, 154, 177

보위 칼(Bowie Knife) 160

봉리무비(棒利無比) 13

부싯돌(Flint) 150, 151

부안(富安) 35, 36, 41

빈철(鑌鐵) 20

빔(vim) 127

ㅅ

사기(史記), 사기열전(列傳) 60, 68, 74, 92

사마천(司馬遷) 태사공(太史公) 60, 68, 73, 74

사무라이 166, 167, 168, 169, 171, 172

사무라이 정신 170

사무라이 영혼 118

사사키 고지로(佐佐木小次郞) 15, 16, 17

사쓰마(薩摩) 172

삼각형으로 갈라진 직선의 칼날 157

삼국연의, 삼국지 13, 18, 22, 24, 77,
102, 184, 189

섀미 가죽(Chamois) 127

선 레이(Sun Ray) 127

설검(舌劍) 설도(舌刀) 174, 175, 184,
188, 189, 190

소도(小刀) 169

소말리아(Somalia) 163

소켓 총검(Socket Bayonet) 157

손가락 보호장치(Knuckle Bow) 154

손건(孫乾) 102

손권(孫權) 22

손무(孫武) 67, 70

손잡이(Stud) 28, 29, 121, 127, 128,
132, 133, 135, 136, 139, 146,
147, 152, 153, 154, 155, 157,
158, 159, 160, 161, 162, 171

솔로몬 190

쇠미늘 갑옷 152

수단(Sudan) 163

수호전(水滸傳) 24, 28, 29, 33, 49

숫돌 77

슴베 171

식칼 29, 30, 31, 53, 57, 76, 77, 97,
102, 104, 107

신도(神道·신토) 170

신토(新刀) 168

신포서(申包胥) 67, 68, 69

쌍검(雙劍) 23

쌍고검(雙股劍) 20

쌍둥이 칼 76

쌍수대(雙手帶) 29

ㅇ

아두(阿斗) 14

아라비안나이트 17

아마인(亞麻仁) 127

야규 미쓰요시(柳生三藏) 16,

양산박(梁山泊) 24, 25, 33, 49, 50,
51, 57

양지(楊志) 청면수(靑面獸) 49, 50,
51, 52, 54, 55, 56, 57

어부사(漁父辭) 61, 62

언월(偃月) 언월도, 청룡언월도 17,
18, 20, 21, 22, 23, 25

여백사(呂伯奢) 94, 96, 97, 98, 99

여진 11

여포(呂布) 82, 84, 86, 101, 102

연마제 126

연수정(煙水晶, Cairngorm) 160

열무방(閱武坊) 42

영국 경보병 장교 131

영국 보병 장교의 칼(Infantry Officer's
Sword) 132

예형(禰衡) 184, 185, 186, 187, 188

오닌(應仁) 167

오관참육장(五關斬六將) 21

오광(吳廣) 91

오자서(伍子胥) 60, 61, 62, 66, 67, 68, 69, 70, 71, 72, 73, 74

와키자시(脇差) 169

왕윤(王允) 79, 80, 81

왜적 12

요도(腰刀) 28

요로이토시(鎧通し) 169

요시카와 에이지(吉川英治) 16

용수철 있는 고리 158

우이(牛二) 몰모대충(沒毛大蟲) 52, 53, 54, 55, 56

윌킨슨 칼(Wilkinson Sword) 122, 130, 132, 140

유방(劉邦) 고황제(高皇帝) 80

유수사(留守司) 57

유안(劉安) 엽호(獵戶) 102, 103, 104, 107

유언(劉焉) 18

유비(劉備) 현덕(玄德) 14, 18, 19, 20, 21, 23, 79, 102, 103, 105, 106, 107

유장포(油醬舖) 31

유표(劉表) 185

육겸(陸謙) 36, 37, 39, 40, 41

육군성위원회(War Office Commi-

ttee) 131

은장도(銀裝刀) 164

의천검(倚天劍) 14

이도류(二刀流) 15

이소(離騷) 62

이순신(李舜臣) 11, 12

임충(林冲) 표자두(豹子頭) 24, 25, 33, 34, 35, 36, 37, 38, 39, 40, 41, 42, 43, 44, 45, 46, 47, 48, 49, 50

ㅈ

자웅일대검(雌雄一對劍) 23

장각(長角) 18

장검 15

장비(張飛) 19, 20, 23, 79

장팔사모(丈八蛇矛) 21, 23

정도(鄭屠) 29, 30, 31, 32, 33, 76

정화(晶化, Crystallize) 170, 171

제검(製劍) 13

조인(曹仁) 22

조자룡(趙子龍) 13, 14

조조(曹操) 맹덕(孟德) 효기교위(驍騎校尉) 13, 14, 21, 22, 80, 81, 82, 83, 84, 85, 86, 87, 88, 89, 90, 92, 93, 94, 95, 96, 97, 98, 99, 100, 101, 102, 107, 185, 186, 187, 188

조총 12

졸링겐(Solingen) 162

중일전쟁(中日戰爭) 170

진궁(陳宮) 94, 95, 96, 97, 98, 99, 100, 101, 102

진승(陳勝) 진섭(陳涉) 90, 91, 92

진념(陳稔) 124, 125

진 시황제(秦始皇帝) 91

진 애공(秦哀公) 69

진 현령(陳縣令) 88, 89, 92, 93, 95

짧은 실린더 157

찌르는 꽂을대(ramrod) 123

ㅊ

착검(着劍) 18, 138, 156, 172

참목위병, 게간위기(斬木爲兵, 揭竿爲旗) 92

채백포(彩帛舖) 32

척장(存杖) 48, 56

천자문 12

철검 152

철선장(鐵禪丈) 34

첨도(尖刀) 22

청강검(青釭劍) 14

촉루(屬鏤) 71

총검(銃劍, Bayonet) 18, 119, 121, 122, 123, 126, 128, 130, 136, 137, 138, 139, 140, 141, 142, 143, 145, 146, 156, 157, 158, 159, 161

총신(銃身) 157

친위대(Schutzstafell, SS) 133, 135, 162

칠보(七寶) 칠보검(七寶劍) 칠보도(七寶刀) 78, 81, 85, 86

ㅋ

카스카라(Kaskara) 163

칼집(Scabbards) 156

코등이 153, 154, 155, 164

ㅌ

탈워(Talwar) 164

특별공격대(Commando) 121

ㅍ

파관 군사(把關軍士) 89

페어베언-사이크스(Fairbairn-Sykes, F-S, Commando Knife) 121, 130, 145

포클랜드 전쟁 119

프란치스코 하비에르(St. Francisco Javier) 167

플라톤 150

플루타르크 189
피시스킨(Fishskin) 127
필설(筆舌) 190
필화(筆禍) 190

ㅎ

하이드 푸드(Hide Food) 128
하후은(夏候恩) 13, 14
현충사 11
호해(胡亥) 2세 황제 91
홀바인(Holbein) 162
화기(火器, Firearms) 161
화승식(火繩式) 방아쇠 157
화승총(火繩銃) 12
화화태세(花花太歲) 35
황조(黃祖) 188
휘어진 목덜미(curved neck) 157
흑색화약 117
히틀러 청년단(Hitler Youth) 162
히포크라테스 83

1908 Pattern 131

A

Alles für Deutschland (All for
    Germany) 162

The Arabian Nights 17
Army Service Corps Officer's
    Sword 132, 133
Assegai 163
Attics 129

B

Badge 156
Ballock dagger 159, 160
Bayonne 157
Blair push for knives U-turn 116
The Book of the Sword 117
Bowie Knife 160
Broken Swords 160

C

Cairngorm 160
Chamois 127
Crystallize 170, 171
Curved neck 157

D

Daggers, Dirk 15, 120, 121, 126,
    130, 134, 135, 136, 137, 138, 139,
    142, 146, 151, 153, 154, 155, 159,

160, 161, 162, 163, 168, 169
Death or Liberty 161
Dukes 168

E

Edged Weapons 114, 116, 150

F

Fairbairn-Sykes, F-S, Commando
    Knife 121, 130, 145
Firearms 161
Flint 150, 151
French MAS '36 123

G

The Guardian 116

H

Hanger 155
Heavy Cavalry Officer's Sword 132
Hide Food 128
Hitler Youth 162
Holbein 162

I

Infantry Officer's Sword 132

K

Kaskara 163
Knife-ban 111, 113
Knuckle Bow 154

L

Lebel Bayonet 122
Light Infantry Officer 131
Lobe 159
Luristan 153

M

Medical Aphorism 83
Military Collectibles 114, 116, 148
Muskets 156

N

No. 4 Mk I 130
No 4 Mk II 130

O

Office of Strategic Service 145

P

Pikeman 178
Pikes 122

Q

Queen of Weapons 117
Quillon, Quillons 153, 159

R

Ramrod 123
Rapier 153, 154, 177

S

Saddle Soap 128
Scabbards 156
Schutzstafell, SS 133, 135, 162
Scotland Regiments 131
Short Cylinder 157
Small Sword 155
Socket Bayonet 157

Somalia 163
Spring Catch 158
St. Francisco Javier 167
Stiletto 159
Sturm Abteilung 136, 161
Stud 28, 29, 121, 127, 128, 132,
  133, 135, 136, 139, 146, 147,
  152, 153, 154, 155, 157, 158,
  159, 160, 161, 162, 171
Sudan 163
Sun Ray 127
Sword Furniture 167, 171
Sword Play 153

T

Talwar 164
*There's No Business Like Show
  Business* 106
Triangular section blade 157
Trooper of the Life Guards 119
Troopers' Swords of 1908 Pattern
  118

U

The Use of Life 83, 189, 190

W

War Office Committee 131

Wilkinson Sword 122, 130, 132, 140

Z

Zulus 163

ZWILLING J.A. HENCKELS 76

참고 문헌

『古文眞寶』(世界思想教養全集 7), 乙酉文化社, 1964

『史記列傳』1(崔仁旭·金瑩洙 譯解), 東西文化社, 1975

『三國志』, 正音社, 1984

『水滸傳』, 正音社, 1969

이승희(李熙昇) 감수(監修), 『민중 엣센스 국어사전』, 민중서림, 1994

장조·주석수 지음, 정민 옮김, 『내가 사랑하는 삶: 幽夢影·幽夢續影』, 태학사, 2001

집현전 편집부 편역, 『고사성어 중국사 이야기』, 집현전, 1985

최명, 『소설이 아닌 삼국지』, 조선일보사, 1993

최명, 『이 생각 저 생각』, 조선뉴스프레스, 2023

『漢文大系』(제6권과 제7권), 일본 富山房, 1914(大正 3年, 五版)

Antiques: An Encyclopedia of Decorative Arts, edited by Paul Atterbury,
    Hong Kong: Gallery Press, 1984(2nd ed)

Gordon Gardiner, "Edged Weapons," in *Military Collectibles: An
    International Directory of Militia*

John Lubbock, *The Use of Life*, Tokyo: Yuhudo, 1915(大正 4年)

KING JAMES BIBLE, Collins, no date

Swords: A Visual History, London: Dorling Kinderley Limited, 2010